Clémentine
notre amie à tous

Du même auteur, dans la même série :

La folle semaine de Clémentine

Clémentine a tous les talents

Clémentine et la lettre secrète

Sara Pennypacker
Illustrations de Marla Frazee

Clémentine notre amie à tous

RAGEOT

Je dédie ce livre à mon chat, le génial Polka.
S. P.

Et moi, je le dédie à ma cousine Margaret.
M. F.

Cet ouvrage a été imprimé sur un papier
issu de forêts gérées durablement,
de sources contrôlées.

Cet ouvrage a été publié aux États-Unis et au Canada
par Disney - Hyperion Books, une marque
du Disney Book Group,
sous le titre *Clementine, Friend of the Week*.

Cette traduction est publiée avec l'accord
de Disney - Hyperion Books, une marque
du Disney Book Group.

Traduction : Ariane Bataille.
Couverture : Marla Frazee.

ISBN : 978-2-7002-3951-5
ISSN : 1951-5758

Loi n° 49-956 du 16-07-1949 sur les publications
destinées à la jeunesse.

LUNDI

Les trophées de Margaret

Lundi après-midi, dès que Margaret est montée dans le bus qui nous ramenait de l'école, je lui ai annoncé :

– Quelle journée géniale ! On m'a choisie comme Amie de la Semaine ! Je devrai présenter mon autobiographie, former les rangs dans la cour de récré et guider les élèves jusqu'à la salle de classe, collecter l'argent pour acheter du lait[1], nourrir les poissons rouges et…

Margaret m'a interrompue en agitant les mains.

– Oui, oui, Clémentine, je sais. On désignait aussi des Amis de la Semaine quand j'étais en CE2.

Margaret n'a qu'un an de plus que moi. Pourtant, chaque fois qu'elle dit « Quand j'étais en CE2 », j'ai l'impression d'entendre : « Quand j'étais petite, mais maintenant je suis grande alors c'est moi le chef. »

1. Beaucoup d'enfants américains apportent une petite somme d'argent à l'école pour s'acheter du lait frais à l'heure du déjeuner.

J'aimerais être aussi persuasive qu'elle. Comme ça, si un jour on laisse mon petit frère passer en CE2, je pourrai lui faire croire que c'est moi le chef.

– Dans ta classe aussi, on choisissait un Ami de la Semaine ? Pourquoi tu ne m'en as jamais parlé ?

Margaret a croisé les jambes et vérifié du coin de l'œil que ses socquettes étaient bien à la même hauteur. Puis, la bouche pincée, elle m'a regardée en rougissant légèrement et elle a haussé les épaules.

– J'ai sans doute oublié. Ce devait être d'un ennui mortel.

– Mais non, au contraire, c'est très intéressant ! Est-ce que tu as eu droit à un cahier rempli de compliments de la part des autres élèves comme moi et est-ce que tu l'as gardé ? Je peux le voir ?

Elle a de nouveau haussé les épaules.

– Ma mère le conserve précieusement sur les étagères du salon. Elle y attache beaucoup d'importance parce que toutes mes qualités y sont mentionnées. À mon avis, ça la rassure de l'avoir à portée de main.

Chaque fois que Mitchell la rend folle, elle peut le lire et se consoler en pensant : « Ouf ! Heureusement, j'ai au moins *un* enfant formidable. » Mais je préférerais que tu n'y touches pas, Clémentine.

– Je te promets de faire attention à ne pas l'abîmer. Dès qu'on est à la maison, tu me le montres, d'accord ?

Margaret avait l'air contrariée – comme si elle cherchait un prétexte pour refuser et qu'elle n'en trouvait pas. Finalement, elle a haussé les épaules une troisième fois et a soupiré :

– Bon, si tu veux.

Arrivées dans le hall de l'immeuble, on a pris l'ascenseur pour descendre chez moi, au sous-sol. J'ai crié à tue-tête depuis le seuil « Bonjour-m'man-au-revoir-m'man-je-vais-chez-Margaret-d'accord ? », elle m'a répondu « D'accord » et on a repris l'ascenseur jusqu'au cinquième étage, où habite Margaret.

Elle est tout de suite allée se planter, mains jointes sur le ventre, devant les étagères à droite de la cheminée du salon pour contempler les prix qu'elle a gagnés depuis sa naissance. Comme on observe toujours le même rituel quand on pénètre dans cette pièce je savais que je devais les contempler, moi aussi. J'ai donc joint les mains derrière mon dos et observé une minute de silence en admirant les preuves des innombrables talents de Margaret.

Trophée de ceci... Premier Prix de cela... Aussi soigneusement alignées que des boîtes de conserve sur un rayon de supermarché, ses récompenses occupaient trois étagères.

Moi, je suis très bonne en maths et en dessin. Mais personne ne décerne de trophées pour ce genre de talents – c'est trop injuste ! Pour preuve de mes exploits, mes parents ne possèdent qu'une pile de devoirs de maths notés 10/10 et quelques dessins scotchés aux murs. Ils n'ont jamais installé d'étagères dans le salon pour y exposer mes récompenses. Ça tombe bien, elles seraient vides.

Quand j'ai estimé que la minute d'admiration avait assez duré, je suis allée regarder les étagères à gauche de la cheminée. Elles contenaient des photos de Mitchell, le grand frère de Margaret, en train de jouer au baseball avec ses copains. Et six trophées identiques tous gravés des lettres J.P.E. et d'une date.

– Qu'est-ce que ça veut dire, J.P.E. ? ai-je demandé à Margaret.

Elle s'est gratté la tête, comme si elle essayait de s'en souvenir.

– Ah, oui ! Jeune Prétentieux Égoïste. Il gagne le prix chaque année. Ce n'est pas difficile, il n'a aucun concurrent.

Je savais qu'elle avait inventé ce prix à l'instant car Mitchell n'est ni prétentieux ni égoïste. Attention ! Cela ne signifie absolument pas qu'il est mon petit ami.

J'ai sorti un marqueur violet de ma poche et inscrit « J.P.E. » suivi de plusieurs points d'interrogation sur mon bras pour ne pas oublier d'en chercher le sens.

Margaret n'a rien vu parce qu'elle venait de prendre sur ses étagères une statuette dorée représentant une danseuse.

– J'aurais aussi gagné les statuettes d'argent et de bronze si les juges n'avaient pas eu peur de vexer les autres concurrents, a-t-elle soupiré.

Margaret est prétentieuse, je le sais. Ce jour-là, elle l'était encore plus que d'habitude et son discours risquait de durer longtemps, alors j'ai préféré lui rappeler tout de suite :

– Et ton cahier, tu me le montres ?

Elle a soufflé sur la statuette pour en chasser une poussière invisible avant de la reposer délicatement à sa place. Puis elle a écarté une plaque de concours d'orthographe derrière laquelle se cachait un cahier bleu.

Quand j'ai voulu le prendre, elle l'a attrapé d'un geste brusque en foudroyant mes mains du regard.

– Attention aux microbes !

Elle s'est assise sur le canapé et a commencé à lire à haute voix :

– « C'est génial d'avoir Margaret dans notre classe parce qu'elle est très organisée. » « C'est chouette que Margaret soit dans ma classe parce qu'elle est très soignée. » « Margaret est une fille hyper propre. »

Je me suis installée à côté d'elle pour vérifier qu'elle n'inventait pas tous ces compliments. Mais non, je les voyais de mes propres yeux – la page en était remplie.

Alexis avait écrit : « Avoir Margaret comme camarade de classe, c'est super. Ses cheveux sont si brillants que je me reflète presque dedans ! »

« J'aime bien m'asseoir à côté de Margaret parce qu'elle n'étale jamais ses affaires sur ma table », avait ajouté Jamaal.

Quant à Kyle, voici ce qu'il avait noté : « Margaret m'aide beaucou. Elle me signale toujours mes erreurs. »

Tout en tapotant la page du doigt, Margaret a précisé :

– Je lui ai expliqué qu'il avait oublié le « p » de « beaucoup ».

– Waouh ! Il est génial, ton cahier !

Je commençais à me sentir nerveuse. J'ai beau être amie avec tous les élèves de ma classe, aucun n'écrirait jamais ce genre de compliments à mon sujet, j'en étais sûre et certaine.

– Qu'est-ce qu'ils disent ensuite ? ai-je demandé.

Brusquement, Margaret a bondi sur ses pieds.

– Il y a encore des pages et des pages de compliments, c'est tout. Il faut ranger le cahier maintenant.

Elle l'a refermé et s'est dirigée vers les étagères.

À cet instant, elle a regardé la couverture et elle a poussé un cri. Ses joues sont devenues écarlates. Si ses yeux ne s'étaient pas rétrécis au point de ne laisser entrevoir que deux fentes brillantes, je les aurais vus bouillonner de rage. Elle ressemblait à un personnage de dessin animé sur le point d'exploser. Elle s'est mise à bégayer :

– Ce… cet… ce… quel… Oh !!!

Furieuse, elle a quitté la pièce d'un pas décidé, traversé le vestibule et ouvert la porte de la chambre de Mitchell d'un coup de pied.

Je l'ai suivie.

– Surtout ne touche à rien ! m'a-t-elle prévenue. Cette pièce grouille de toutes sortes de microbes !

Tranquillement allongé sur son lit, Mitchell lisait la rubrique sports du journal. Il a souri et levé la tête pour nous dire bonjour.

Tremblante de colère, Margaret s'est précipitée vers lui en brandissant son cahier à bout de bras.

J'ai alors compris ce qui l'avait mise hors d'elle. Un morceau de scotch blanc sur lequel quelqu'un avait écrit *La Peste* était collé sur la couverture.

Au-dessus de la photo d'école de Margaret, on pouvait donc lire :

MARGARET,
LA PESTE DE LA SEMAINE !

Mitchell a pris un air innocent en plaquant les mains sur sa poitrine, comme s'il était outré qu'on puisse l'accuser d'un tel crime. Mais je voyais bien qu'il avait du mal à empêcher sa bouche de se tordre de rire.

– Qu'est-ce qui te fait croire que je suis coupable ? a-t-il fini par demander dès que ses lèvres ont accepté de rester tranquilles.

Margaret a désigné la batte de baseball qui dépassait de l'oreiller de Mitchell. Un ruban adhésif qui avait été blanc entourait sa poignée.

– D'accord, j'avoue, a déclaré Mitchell. J'aurais dû utiliser autre chose que du scotch...

Sans un mot, Margaret a couru se réfugier dans sa chambre en tapant des pieds.

Je l'ai suivie.

Dès qu'elle est entrée, son chat Mascara a bondi de l'oreiller où il dormait pour se réfugier sous le lit – les chats sentent tout de suite si on est de très très très mauvaise humeur.

Margaret s'est assise exactement au centre de son tapis, puis elle a commencé à aplatir les franges des deux mains – sa façon à elle de se calmer. Mascara et moi avons attendu qu'elle ait fini.

Au bout d'un moment, elle a sifflé :

– Mitchell n'est qu'un triple idiot !

– Ce n'est pas si grave, Margaret. C'est l'intérieur du cahier qui compte. Tiens, donne-le-moi, je vais retirer le scotch.

Elle a serré le cahier contre sa poitrine.

J'ai failli lui faire remarquer qu'il devait grouiller de microbes puisque Mitchell l'avait touché, mais j'ai renoncé. Elle avait été suffisamment en colère pour la journée. De toute façon, elle s'en est vite rendu compte toute seule puisqu'elle a poussé un hurlement :

– Aaaaaaaahhhhh !

... avant de le lâcher et de courir vers sa salle de bains en secouant les mains comme si elles avaient pris feu. Je l'ai entendue ouvrir le robinet et les frotter énergiquement.

En principe, Margaret ne me laisse jamais seule dans sa chambre, de même que je ne la laisse jamais seule dans la mienne. Si je ne la surveille pas, ses doigts la démangent et se mettent à tout ranger. Et si, moi, je me retrouve seule dans sa chambre, mes doigts me démangent et se mettent à tout *dé*ranger.

D'ailleurs, dès qu'elle a disparu, j'ai cherché une bêtise à faire. Mais, cette fois, mes doigts ont trouvé une occupation plus utile !

Ils ont repêché le cahier bleu qui avait atterri sous le bureau et très soigneusement – si soigneusement que pas un millième de millimètre de papier n'a été arraché – ils ont décollé le scotch.

Juste à ce moment-là, Margaret est revenue en essuyant un par un les doigts de sa main gauche.

D'une voix beaucoup plus calme, elle a déclaré :

– J'ai une idée, Clémentine. Si tu veux obtenir un cahier aussi génial que le mien, il faut que tu adresses tous les jours des compliments aux élèves de ta classe. Comme ça, vendredi, ils seront obligés de te rendre la pareille.

J'ai brandi le cahier bleu.

– Regarde, Margaret !

– Ou bien offre-leur des cadeaux, a-t-elle continué sans lever les yeux ni me prêter attention (elle commençait à sécher un par un les doigts de sa main droite). Les cadeaux sont encore plus efficaces que les compliments. Laisse le prix dessus pour qu'ils sachent que tu ne t'es pas moquée d'eux et…

– Mais regarde, Margaret !

Elle a enfin levé les yeux. Sa bouche s'est ouverte. La serviette qu'elle tenait est tombée par terre. On aurait dit une fois de plus un personnage de dessin animé sur le point d'exploser.

– Qui t'a permis de lire mon cahier ? a-t-elle hurlé en fonçant sur moi pour me l'arracher des mains malgré les microbes laissés par Mitchell.

Mascara, qui avait pointé le nez dehors pendant que sa maîtresse était dans sa salle de bains, a disparu de nouveau en vitesse sous le lit.

Comme je ne pouvais pas en faire autant, j'ai essayé de calmer Margaret.

– Je ne l'ai pas lu ! J'ai juste... regarde ! Le scotch...

– C'est confidentiel ! Tout le monde le sait ! Tout le monde !

– J'ai juste décollé le scotch sur la couverture, Margaret ! Je n'ai rien touché d'autre. Si on reparlait de ton idée de cadeaux ? Tu crois vraiment que les élèves écriront des choses formidables dans mon cahier si je leur en offre ?

Voilà ce qui s'appelle Détourner la Conversation. D'après mes parents, je suis championne en la matière, mais avec Margaret, ça n'a pas marché.

– Tu peux offrir autant de cadeaux que tu voudras, personne n'écrira jamais rien de bien sur toi dans ton cahier. D'abord tu n'es même pas mon amie. Si je joue avec toi, c'est uniquement parce que tu habites dans mon immeuble. Et maintenant retourne chez toi ! a-t-elle hurlé.

J'ai hurlé à mon tour :

– D'accord, d'accord, d'accord... De toute façon tu n'es pas mon amie non plus !

Je suis sortie en courant de son appartement et j'ai foncé dans l'ascenseur. J'ai appuyé si fort sur le bouton du sous-sol qu'il aurait dû exploser.

LUNDI

L'Amie de la Semaine

Quand je suis arrivée chez moi, mon chaton Hydrophile m'attendait dans l'entrée. Il est tellement intelligent qu'il reconnaît toujours mon pas.

Je l'ai pris dans mes bras ; il m'a fait un bisou de chat sur l'oreille.

– Encore une preuve de ton intelligence, lui ai-je confié. Tu devines toujours quand je suis triste.

Puis je l'ai installé autour de mon cou comme il aime et on est allés tous les deux dans ma chambre, où je lui ai raconté que Margaret avait été très méchante avec moi. J'ai mis beaucoup de temps à lui expliquer ce qui s'était passé mais après je me suis sentie mieux.

Tout en caressant ses pattes douces étalées sur mes épaules, j'ai réalisé que quelque chose avait changé. Je me suis précipitée dans la cuisine.

– Maman ! Regarde les pattes d'Hydrophile, elles se sont allongées !

Maman a levé les yeux des carottes qu'elle épluchait.

– Oui, ce n'est plus un bébé, il a grandi. Je l'ai remarqué aussi. Il dort moins depuis quelques jours et il explore tous les coins et recoins de l'appartement. Comment s'est passée ta journée ?

– Mal, ai-je répondu en pensant à Margaret.

J'ai attrapé une carotte pour la décapiter d'un coup de dent puis j'ai repensé à ma journée d'école.

– Et bien à la fois.

– Par quoi préfères-tu commencer ?

– Par ce qui était bien. On m'a choisie comme Amie de la Semaine.

– Tu peux me rappeler en quoi ça consiste ?

Avant que j'aie eu le temps d'ouvrir la bouche, mon petit frère Navet est entré dans la cuisine à la vitesse d'un cyclone. Il a foncé sur le placard d'où il a sorti la marmite à spaghettis pour se l'enfoncer sur la tête.

Ravi de son nouveau chapeau, il s'est mis à le frapper avec une cuillère en bois. Il riait si fort que j'entendais sa bave bouillonner derrière la paroi en inox.

J'ai caressé Hydrophile, effrayé par ce tintamarre, pour le rassurer. Si jamais mon frère entre un jour en CE2 et qu'on le choisit comme Ami de la Semaine, je serai curieuse de savoir ce que les autres écriront sur son cahier.

– Dis, maman, tu ne t'es jamais demandé si Grain de Maïs était normal ?

Sans arrêter d'éplucher les carottes, maman a répondu :

– Premièrement, ton frère ne s'appelle pas Grain de Maïs. Deuxièmement, bien sûr qu'il est normal ! Qu'est-ce que tu racontes ?

– Mais maman, tous les jours il enlève ses chaussures pour essayer de les enfiler à l'envers… et sur le mauvais pied !

Maman a haussé les épaules.

– En plus, il croit que le lave-linge est un vaisseau spatial.

Elle a souri.

– Et il tape sur les cailloux avec son marteau en plastique. Et même si le marteau lui rebondit sur la tête, il continue !

Maman a regardé mon frère comme si elle contemplait le plus intelligent et le plus adorable des petits garçons.

– C'est vrai ! ai-je insisté. Il peut y passer des heures !

Croyez-moi, j'aurais facilement pu ajouter une centaine de bizarreries à cette liste, sauf que j'ai préféré m'arrêter, de peur de briser le cœur de ma mère en lui prouvant que son deuxième enfant ne valait pas un clou. Soudain, je me suis rappelé ce que Margaret m'avait raconté à propos de sa mère qui ouvrait le cahier bleu dès que Mitchell la rendait folle. Mais oui, bien sûr ! Il fallait à tout prix que je rapporte à la maison un cahier formidable rempli de compliments magnifiques pour que, rien qu'à sa vue, mes parents rayonnent de fierté.

Je sauterais de joie en le leur montrant, vendredi.

Et puis... je sauterais de joie en le montrant à cette prétentieuse de Margaret.

Je me délectais à l'avance en imaginant la tête qu'elle ferait en lisant tous mes super compliments quand mon père est arrivé.

– Papa ! On m'a choisie comme Amie de la Semaine...

– Stop, Clémentine ! m'a-t-il interrompue. Ne bouge surtout pas !

– Qu'est-ce qu'il...

– Pas de panique, a-t-il poursuivi en s'approchant lentement. Je vais essayer de te sauver…

– De quoi, papa ?

– Ne baisse pas les yeux, a-t-il murmuré. Je crois que… ton écharpe… est *vivante* !

Avec un grand éclat de rire, il a ébouriffé la fourrure d'Hydrophile avant de m'embrasser sur le front.

Ensuite il a fait une bise à la marmite à spaghettis et, enfin, il m'a demandé en croisant les bras :

– C'est quoi cette histoire de Mamie de la Semaine ? Tu n'es pas un peu jeune pour ça ?

Mon père adore plaisanter. Je lui ai répondu en riant :

– Mais non, *l'Amie* de la Semaine, pas la Mamie. C'est…

Maman m'a interrompue en me tendant une laitue et le panier à salade. Elle a aussi glissé une cuillère en bois dans la main de papa pour qu'il s'occupe du chili con carne.

Vous connaissez l'histoire de la petite poule rouge[1] ? Eh bien, maman lui ressemble : si on veut manger, il faut aider à préparer le repas. Même si je fais la grimace quand elle me charge d'une corvée, au fond j'adore me retrouver dans l'agitation fumante et bruyante de la cuisine, entourée de toute ma famille.

1. Conte dans lequel une poule refuse de partager son pain avec les animaux qui ne l'ont pas aidée à le préparer.

Pendant que maman mélangeait la farine et la semoule de maïs pour faire le pain, que papa assaisonnait le chili avec ses épices secrètes et que Brocoli jouait du tambour sur les casseroles, j'ai rincé la laitue et j'ai enfin pu expliquer le rôle de l'Amie de la Semaine.

– Chaque lundi, notre maître tire au hasard le nom d'un élève. L'élève choisi – cette semaine, c'est moi – devient un peu le chef de la classe et il doit aussi raconter sa vie. Les autres sont chargés de dire pourquoi cet élève est génial. Et le vendredi, ils doivent rédiger leurs compliments sur un cahier que je rapporterai à la maison.

– Excellent ! Je sais déjà ce que je vais écrire, a lancé papa.

– Les parents n'ont pas le droit de participer, seulement les enfants.

Puis, par curiosité, je lui ai demandé :

– Euh... qu'est-ce que tu écrirais ? Si tu avais le droit, bien sûr.

– « C'est merveilleux que Clémentine aille à l'école. Sinon, sa mère et moi n'aurions aucune idée de ce que cette petite fille aux idées farfelues est en train de faire. À l'heure qu'il est, elle aurait peut-être déjà son propre show télévisé ! Ou bien elle dirigerait un salon de tatouage ! Ou alors elle distribuerait les cartes aux joueurs de blackjack dans un casino ! »

J'ai beau connaître mon père depuis que je suis née, c'est-à-dire depuis presque trois mille jours, ses plaisanteries m'étonnent toujours autant.

– Ce n'est pas drôle, papa. Je ne pourrai rien faire de tout ça avant d'être majeure. Sauf... attends une minute. Qu'est-ce que c'est un casino ? Et le blackjack ? Ça me plairait ?

Maman s'est aussitôt mêlée à la conversation :

– Peu importe. Ton maître a raison de ne donner la parole qu'aux enfants. J'ai hâte d'être à vendredi pour lire ton cahier. Je suis sûre que ce sera très amusant.

– Amusant ? Merveilleux, tu veux dire ! Tu l'aimeras tant que tu voudras l'exposer sur une étagère à côté de la cheminée ! me suis-je exclamée.

Plus tard, quand maman est venue m'embrasser dans mon lit, elle s'est souvenue qu'une partie de ma journée s'était mal passée.

– Tu as envie de m'en parler maintenant ? m'a-t-elle demandé.

J'ai haussé les épaules et caressé Hydrophile, couché à côté de moi sous les draps.

– Margaret s'est fâchée contre Mitchell puis contre moi et je ne sais vraiment pas pourquoi.

– Quelque chose l'a peut-être contrariée. Je suis certaine que tu finiras par trouver une solution. Comme toujours.

– Tu crois ?

– Bien sûr. Vous êtes amies depuis qu'elle est venue habiter dans l'immeuble.

– Mais tu m'as raconté qu'on se détestait au début, qu'elle voulait toujours me déguiser et que je n'aimais pas ça. Tu ne te rappelles pas ?

Maman a hoché la tête.

– Tu t'enfuyais en hurlant dès que tu la voyais. Tu avais trois ans à l'époque. Puis tu finissais par la laisser te mettre un tutu ou une cape de princesse avant d'aller t'asseoir dans une flaque de boue.

Elle a ri avant d'ajouter :

– Vous avez toujours été amies. Ne t'inquiète pas. Tu réussiras à tout arranger. Ça se passe comme ça entre amis.

Et elle a éteint la lumière avant de me souhaiter une bonne nuit.

J'ai serré Hydrophile dans mes bras en réalisant avec tristesse que le plan de maman ne pourrait pas fonctionner puisque nous n'étions plus amies, Margaret et moi.

MARDI

La distribution de compliments

Adresser des compliments aux élèves de ma classe s'est révélé difficile.

Pourtant je ne me suis pas trop mal débrouillée mardi matin dans le bus.

– Oh, Willy ! me suis-je exclamée en arrivant à sa hauteur. Le beau bleu sur ton bras ! Quelles couleurs magnifiques !

Lilly, la sœur jumelle de Willy, a souri parce que c'était elle qui lui avait donné un coup de poing.

Après Willy, j'ai complimenté Joe.

– On dirait que tu as pris quelques centimètres depuis hier. Tu commences peut-être enfin ta poussée de croissance...

Joe est le plus petit de la classe. Ce compliment aurait dû lui faire plaisir. Or il m'a dévisagée d'un air surpris avant de se relever légèrement de son siège et de retirer de sous ses fesses le sac qui contenait son déjeuner. Écrasé.

– Oh, zut ! a-t-il grommelé. J'espère que ce n'était pas un sandwich au thon.

Aucun autre élève de ma classe ne prenant le bus, il ne me restait plus qu'à me forcer à ignorer Margaret qui se forçait à ignorer que je l'ignorais jusqu'à la fin du trajet.

À l'école, les choses se sont nettement compliquées. D'abord, le maître m'a interpellée.

– Clémentine, puisque tu es l'Amie de la Semaine, veux-tu superviser le Serment au Drapeau[1] ?

Debout sous le drapeau américain qui décore notre salle de classe, je n'ai rien trouvé d'autre à faire que de lever le pouce chaque fois que les élèves prononçaient correctement des mots aussi difficiles que *indivisible*.

Ensuite, j'ai été chargée de collecter l'argent du lait. Ce n'est pas facile de complimenter quelqu'un qui vous tend de l'argent.

1. Par ce serment quotidien, les élèves jurent fidélité et loyauté aux États-Unis.

J'ai dit à Waylon que pour me donner des pièces aussi étincelantes, il devait avoir des poches drôlement propres. Je crois que ça lui a plu. Ensuite, j'ai félicité Maria de savoir compter sa monnaie aussi vite, mais elle m'a rétorqué qu'elle avait eu largement le temps de s'en occuper pendant que je parlais à Waylon. Puis j'ai admiré l'habileté avec laquelle Rasheed avait empilé ses pièces les unes sur les autres.

– Merci, a-t-il répondu. Tu n'imagines pas la quantité de salive qu'il m'a fallu pour les coller ensemble.

À la fin, j'ai déclaré à Joe qu'il visait aussi bien qu'une grande personne quand il a lancé les siennes dans l'enveloppe.

Le seul autre compliment que j'ai trouvé aujourd'hui concernait la dame de la cafétéria : ses cheveux enveloppés d'un filet ressemblaient à un superbe nid de frelons.

Lorsque je le lui ai fait remarquer, elle s'est mise à rire.

– Merci ma petite ! Voilà une journée qui commence bien !

C'était gentil, sauf que ça ne m'aidait pas vraiment puisque la dame de la cafétéria n'écrirait pas dans mon cahier.

Quand j'ai regagné ma classe, on s'est assis en rond pour notre séance de discussion quotidienne et les annonces du jour. J'en ai profité pour réfléchir aux compliments que je pourrais adresser à mes camarades. Mais le maître m'a déconcentrée en annonçant :

– Et enfin, n'oubliez pas, samedi, le rallye vélo destiné à collecter des fonds pour notre voyage de printemps avec les CM1. J'espère que vous viendrez avec des vélos magnifiquement décorés ! Rendez-vous au parc Boston Common à 10 heures.

J'ai aussitôt senti s'épanouir, derrière mon visage, un immense sourire secret. J'en ai complètement oublié d'inventer des compliments.

Samedi, mon vélo serait le plus beau ! Et même le plus extraordinaire, le plus fantastique de toute l'histoire du rallye vélo. Parce que le plus génial des magasins de décorations du monde se trouve dans la cave de mon immeuble.

Enfin, ce n'est pas vraiment un magasin, juste le stock de décorations de mon père.

En tant que gardien, il est chargé de décorer le hall les jours de fête. Il y a les fêtes normales, comme Halloween, Thanksgiving[1] ou la Saint-Valentin – absolument sans intérêt. Et en janvier, tout le monde connaît le Jour de l'an et l'anniversaire de la naissance de Martin Luther King le troisième lundi du mois[2].

1. En 1621, les premiers colons américains instituèrent cette fête pour remercier Dieu de leur première récolte. Elle est célébrée aux États-Unis le quatrième jeudi de novembre.

2. Ce jour est férié aux États-Unis. La date exacte de l'anniversaire de Martin Luther King, qui s'est engagé pour l'intégration des Noirs dans la société américaine, est le 15 janvier.

Mais en cherchant bien, papa a aussi découvert beaucoup d'autres fêtes inconnues. Qui a entendu parler de la Fête du Lancer de Cakes, de la Fête des Pieds ou du Jour des Horloges à Aiguilles ?

Chaque semaine, papa inscrit les fêtes à venir sur le tableau d'affichage du hall, en ajoutant quelques suggestions sur la manière de les célébrer. Si vous veniez le 30 avril, Jour de la Coiffure la plus Originale, vous pourriez entendre un de nos voisins s'exclamer dans l'ascenseur :

– Oh, quel élégant chignon vous avez là, madame Jacobi !

Ou bien la mère de Margaret complimenter maman sur sa tresse aux torsades compliquées. Mais il faut que ce soit sincère, car le 30 avril est également la Journée Nationale de l'Honnêteté.

– Si on me confiait la gestion du hall des Nations-Unies, il n'y aurait plus jamais de guerres, affirme mon père.

Je pense qu'il a raison – son amour des fêtes et ses décorations rendent tout le monde heureux.

Moi, en particulier. Parce que quand j'ai demandé à papa si je pouvais emprunter quelques décorations pour le rallye vélo de samedi, il a répondu :

– Bien sûr, Clém. Prends-les toutes si tu veux.

Je ne savais pas encore très bien comment j'allais enjoliver mon vélo car les idées géniales se bousculaient dans ma tête. Je sentais mon sourire secret s'élargir de plus en plus – heureusement que je sais l'empêcher de s'afficher sur mon visage. Enfin… la plupart du temps.

Brusquement, la voix du maître m'a obligée à redescendre sur terre.

– Eh bien, Clémentine. Tu parais absolument ravie de nous raconter ta vie.

– Pardon ? Comment ? ai-je bafouillé.

– C'est le moment de te présenter, m'a expliqué M. Itiot. Je suis content de voir que ça te donne le sourire. Je te laisse la parole.

J'ai jeté un coup d'œil dans mon sac, au cas où j'aurais pris des notes la veille mais non.

– Ne t'inquiète pas, m'a rassurée le maître. Viens nous parler de toi, tout simplement.

Une fois plantée à côté de son bureau, j'ai commencé :

– Je suis née…

Et plus rien n'est sorti de ma bouche, car il est très difficile de se concentrer quand on est debout dans une classe, face à autant de paires d'yeux braquées sur soi.

– Tu es née… a répété le maître. Où ça ?

– Ici.

Tous les élèves ont éclaté de rire, mais comme c'était un rire gentil, je me suis mise à rire moi aussi.

– Enfin, pas ici dans la salle 3B, ai-je précisé. Ici à Boston.

– Et ensuite ?

– Ensuite j'ai vécu ici. À Boston, pas dans la salle 3B. Voilà, c'est la fin. Enfin, pas ma fin, celle de l'histoire.

J'ai salué, prête à regagner ma place.

Mes camarades ont applaudi mais M. Itiot m'a interpellée.

– Oh non ce n'est sûrement pas tout, a-t-il protesté. Je suis persuadé que tu as fait beaucoup de choses intéressantes depuis ta naissance. Si un biographe écrivait un livre sur toi, qu'est-ce qu'il raconterait à ton avis ?

J'ai secoué la tête.

– Pas grand-chose. Cette année, j'ai lu deux biographies. Vous saviez que Harry Houdini était déjà un trapéziste célèbre à mon âge ? Et que Mozart a commencé à composer lorsqu'il avait à peine cinq ans ? Personne ne pourrait en dire autant de moi.

Et soudain, j'ai compris pourquoi je n'étais pas aussi douée que Houdini ou Mozart.

Clémentine!

– C'est sans doute parce qu'autrefois les enfants n'étaient pas obligés d'aller en classe ! D'ailleurs, hier soir, mon père a dit que si je n'allais pas à l'école, je ferais plein de choses incroyables !

– Oui, j'en suis convaincu, a acquiescé M. Itiot. Mais pour l'instant, contente-toi de te présenter telle que tu es. Ta famille ne s'est-elle pas agrandie il y a quelque temps ? Si tu nous en parlais ?

– Oui, c'est vrai ! Dire que je l'oubliais ! Au début de l'année, j'ai reçu un chaton en cadeau. Il s'appelle Hydrophile. Il est très intelligent et...

– Non, je pensais à quelqu'un d'autre, m'a interrompue M. Itiot. Tu as bien un petit frère ?

– Ah, oui. Brocoli. Où en étais-je ? Hydrophile est vraiment incroyable, il...

– Ton frère s'appelle Brocoli ?

– Ben non. Mais comme je trouve injuste d'être la seule à porter un nom de fruit, je lui donne des noms de légumes. Grain de Maïs, Chou de Bruxelles, Oignon... Ça dépend. Bref, depuis trois ans qu'on l'a à la maison, je le trouve plutôt sans intérêt. À mon avis, cela ne vaut pas la peine qu'on parle de lui.

Le maître a éclaté de rire, comme si je venais de raconter une blague.

– Eh bien, on aura au moins appris que Clémentine possède un sacré sens de l'humour ! a-t-il conclu. On n'a pas le temps de prolonger la présentation. Mais tout au long de la journée, vous allez jouer aux journalistes et dénicher des informations intéressantes sur votre camarade.

Du coup, pendant la récréation, les élèves sont venus me poser des tas de questions.

Question : Si tu étais un animal, ce serait lequel ?

Réponse : Un gorille.

Question : Quelle est ta couleur préférée ?

Réponse : Toutes.

Question : Est-ce que tu trouves parfois ton petit frère mignon ?

Réponse : Non.

Heureusement que personne ne m'a demandé qui était ma meilleure amie. Parce que je n'aurais pas su quoi répondre.

MARDI

Un trésor partagé

Mardi, en rentrant de l'école, je suis descendue directement à la cave.

Elle occupe l'autre moitié du sous-sol de l'immeuble juste à côté de notre appartement – qui n'est pas vraiment sous le sol mais à moitié seulement. Depuis les fenêtres, on voit le trottoir et les pieds des passants. Mes parents disent en riant qu'habiter à cet étage nous permet de « garder les pieds sur terre ». J'ai remarqué que les adultes rient souvent de choses qui ne sont pas drôles.

À côté de chez nous, il y a un endroit qu'on appelle la cave – un endroit très vaste où se trouvent la chaudière, le coin atelier, la buanderie et les box de rangement des copropriétaires.

D'après mon père, le métier de gardien d'immeuble ressemble à celui de président, et il m'a désignée vice-présidente.

Comme je dois pouvoir intervenir à tout moment pour l'aider, je connais la cave presque aussi bien que lui. Et je sais exactement où il range les décorations.

À l'instant où je tirais la première boîte, étiquetée HALLOWEEN, j'ai entendu un miaulement.

– Hé ! Qu'est-ce que tu fais là, mon minou ? Tu veux m'aider à décorer mon vélo ?

Hydrophile m'ayant dit « D'accord » en langage de chat, j'ai ouvert la boîte. Elle contenait un sac de fausses toiles d'araignées et des chauves-souris effrayantes aux ailes toutes noires.

Dès qu'il a repéré les chauves-souris, Hydrophile s'est aplati sur le sol et s'est mis à ramper lentement vers elles en remuant le bout du nez pour vérifier si elles étaient vivantes. J'ai glissé la main sous l'un des volatiles et enclenché le bouton qui fait battre leurs ailes et flamboyer leurs yeux.

Hydrophile a bondi en l'air, le poil hérissé depuis la pointe des oreilles jusqu'au bout de la queue.

Je savais qu'il n'avait pas réellement peur, mais qu'il jouait juste au chaton terrorisé pour mieux se transformer ensuite en Super-Pattes-de-Velours.

Ça n'a pas raté. Une minute plus tard, il se dressait sur ses pattes arrière et s'abattait sur la chauve-souris de tout son poids. Puis il lui a tourné le dos d'un air méprisant, histoire de lui montrer qui était le chef.

Je l'ai félicité en susurrant à son oreille :

– Cher Super-Pattes-de-Velours, une fois encore tu m'as sauvé la vie. Et grâce à toi, je sais comment décorer mon vélo !

Hydrophile a fait semblant d'être trop occupé par sa toilette pour daigner reconnaître qu'il s'était comporté en héros. Son numéro étant terminé, il s'est roulé en boule sur le sac rempli de toiles d'araignées. J'en ai profité pour aller chercher le parapluie que j'avais aperçu plus tôt dans les poubelles.

Ce parapluie était exactement comme je l'espérais. Le tissu était déchiré mais son armature était en bon état. Après avoir arraché le tissu, j'ai suspendu six chauves-souris au bout des baleines du parapluie à l'aide d'un fil de nylon. Papa est arrivé à ce moment-là.

En me voyant brandir cette ronde de chauves-souris au-dessus de ma tête, il a tout de suite compris.

– C'est pour le rallye ? Tu vas les fixer sur le guidon de ton vélo ? Génial ! Mais à ta place, je décrocherais la chauve-souris qui pend devant tes yeux. Mieux vaut bien voir la route, Clém, tu ne crois pas ?

Tandis qu'il détachait la chauve-souris, une idée génialissime a jailli dans mon cerveau.

– Dis, papa, samedi, tu pourras accrocher cette chauve-souris sur mon épaule ? Comme si elle me mordait le cou et buvait mon sang ?

Il a souri.

– Bien sûr, ça fera un effet terrible. Mais en échange, tu me promets de garder les deux mains sur le guidon. D'accord ?

J'ai promis puis me suis dirigée vers le local à vélos.

Margaret et Mitchell y rangent aussi les leurs. Celui de Mitchell, couvert d'autocollants d'équipes de baseball, ressemble à un rescapé de la guerre des vélos. Celui de Margaret, violet, étincelant de propreté jusqu'aux pneus, est magnifique mais... plutôt banal. Soudain, j'ai eu une idée extra-époustouflante !

J'ai déposé Hydrophile à la maison et, toute contente, je suis montée en courant jusqu'au cinquième étage. Grâce à mon idée grandiose, Margaret et moi allions redevenir amies !

Mitchell m'a ouvert la porte, un grand sourire aux lèvres et un bol de céréales entre les mains.

– Salut, Mouflette !

Mitchell me donne des surnoms parce qu'il aimerait bien devenir mon petit ami. « Un petit ami ? Non merci ! » Voilà ce que je pense mais je ne le lui ai jamais dit, j'ai trop peur que ça le déprime et qu'il arrête de jouer au baseball.

– Margaret est dans sa chambre. Tu veux que je te montre quelque chose d'abord ?

J'ai accepté car, tout à coup, je n'étais plus tellement sûre d'être capable d'affronter une Margaret-en-colère-contre-moi. Et puis Mitchell a toujours des trucs géniaux à me montrer. Contrairement à sa sœur qui m'appelle toujours pour me faire admirer sa jupe sans aucun pli ou ses rangées de barrettes parfaitement alignées.

Manque de chance ! Cette fois, ce que Mitchell m'a montré n'avait rien de génial. Je l'ai suivi dans le salon jusqu'aux étagères à gauche de la cheminée. Avec sa cuillère, il a désigné celle du bas en se tordant de rire. Je ne voyais pas ce qu'il y avait de drôle. Toutes ses statuettes J.P.E. portaient un triangle de papier essuie-tout fixé par des épingles à nourrice roses.

– Margaret a mis des couches à tes trophées ? ai-je compris avec horreur.

Mitchell a hoché la tête en s'esclaffant et en essuyant avec son tee-shirt les larmes de rire qui coulaient sur ses joues. Puis il a enfourné une cuillerée de céréales.

– Et tu n'es pas en colère qu'elle se moque de toi ? ai-je demandé. Pourtant tu adores le baseball.

Il a reposé sa cuillère.

– Tu as raison, j'adore jouer au baseball mais je me moque pas mal des trophées.

Quand Mitchell a dit « J'adore jouer au baseball », mon cœur a bondi, comme s'il en avait assez de rester enfermé dans ma poitrine et qu'il voulait s'envoler. C'est parce que Mitchell prononce le mot *baseball* mieux que personne.

J'en ai profité pour lui poser une question qui me trottait dans la tête depuis longtemps :

– Margaret a gagné des centaines de prix. Ça ne t'embête pas qu'elle soit excellente en tout ? Tu ne te sens pas un peu…

J'ai réfléchi à ce que je ressentirais à sa place.

– … triste ?

Mitchell m'a jeté le genre de regard que je jette à Épinard quand il s'enfonce la marmite à spaghettis sur la tête.

– Si, je suis triste mais pour *elle*. Tout ce qui l'intéresse, c'est de collectionner les prix.

Et il a ajouté, en ramassant son gant et sa balle de baseball :

– Faut que je file, Mouflette. À l'entraînement. Le meilleur moment de la journée.

Je suis allée voir Margaret dans sa chambre. Vêtue d'un pagne à longues franges, elle se déhanchait au son d'une musique hawaïenne. Ses bras ondulaient comme des serpents, mais pas des serpents qui font peur.

– Salut ! ai-je lancé.

Elle a répondu :

– Salut.

C'est tout, sans cesser d'onduler et sans arrêter la musique hawaïenne.

– J'ai eu une super idée pour le rallye de samedi, Margaret. Tu sais que mon père garde toutes ses décorations au sous-sol ? Eh bien, il a dit que je pouvais les utiliser pour mon vélo. Et toi aussi ! Si on formait une équipe ? Tu pourrais fixer des chauves-souris sur ton guidon comme moi…

J'ai stoppé net, car elle m'a lancé un regard noir qui signifiait clairement : « Des chauves-souris ? Tu es tombée sur la tête ou quoi ? »

– Tu peux aussi choisir autre chose, ai-je enchaîné. Ce que tu veux ! Je suis prête à partager ! Je te montre ?

Elle a secoué la tête et continué à danser.

– Peux pas aller au rallye. J'ai compétition samedi matin. Je répète mon numéro de hula[1].

1. Danse hawaïenne.

J'ai aussitôt coupé la musique.

– Quoi ? Tu ne vas pas au rallye ? Mais tu me répètes depuis des semaines que tu rêves d'y participer !

Elle a attendu de retrouver son souffle pour m'expliquer :

– Je ne peux pas, Clémentine. Il faut que je sois présente à cette compétition, sinon quelqu'un d'autre remportera la coupe de la meilleure danseuse de hula à ma place !

Et elle a remis la musique et recommencé à onduler, en fronçant les sourcils cette fois.

MERCREDI

Aujourd'hui, tatouages gratuits

Mes parents ont une Règle d'Or qu'ils me répètent sans cesse : « Ne fais pas à autrui ce que tu n'aimerais pas que l'on te fasse. » Selon eux, elle s'applique à des domaines très variés. D'après mon père, elle peut vouloir dire : « Ne parle pas au cinéma si tu n'aimes pas entendre les autres parler. » D'après ma mère, elle peut aussi signifier : « Ne dérange pas les autres quand ils dessinent sauf en cas d'accident sanglant, puisque tu n'as pas envie d'être dérangée quand tu dessines sauf en cas d'accident sanglant. »

Mercredi, à l'école, j'ai découvert une nouvelle application de la Règle d'Or, sans que mes parents soient derrière mon dos pour me la rappeler.

Après le Serment au Drapeau, la séance de discussion quotidienne et les annonces du jour, le maître a réclamé notre attention.

– Le projet de l'Ami de la Semaine est une occasion formidable de réflexion, a-t-il déclaré comme s'il venait juste de s'en apercevoir alors qu'il répète exactement la même chose chaque semaine. Réfléchissons donc ensemble pour trouver en quoi Clémentine est une élève unique et précieuse à vos yeux. Cela vous aidera à rédiger votre commentaire sur son cahier vendredi.

Il s'est retourné vers le tableau noir et, sous la pancarte « L'Ami(e) de la Semaine », il a inscrit mon prénom.

– Qui veut commencer ? a-t-il demandé.

Consciente que mes camarades m'observaient, j'ai essayé de prendre l'air d'une élève unique et précieuse. Mais je ne savais pas bien à quoi ressemblait une élève unique et précieuse, alors j'ai préféré prendre l'air d'un ange.

Vous voulez essayer ?

D'abord, vous vous en seriez doutés, joignez les mains devant vous. Puis levez les yeux au ciel et louchez légèrement en battant des paupières tout en imaginant que vous accomplissez un geste super généreux. Par exemple, vous offrez votre cornet de glace à un chien tout maigre même si personne n'est témoin.

Pendant que je m'appliquais à prendre la pose, les élèves se creusaient la cervelle pour me trouver des qualités que le maître notait sur le tableau. J'écoutais attentivement – il était question de mes qualités habituelles : mon talent artistique, mon don pour remarquer les choses intéressantes – sans regarder personne. Mains jointes, les yeux au ciel, je battais des paupières en pensant au pauvre chien tout maigre si heureux de dévorer mon cornet de glace.

– Tu ne te sens pas bien, Clémentine ?

J'étais tellement concentrée que je n'avais pas vu le maître s'approcher de moi.

– J'ai cru que tu allais t'évanouir. Tu veux qu'un de tes camarades t'accompagne à l'infirmerie ?

– Non, non, ça va.

Je ne me suis même pas sentie gênée par la remarque du maître parce que, tout en prenant mon air d'ange, j'avais eu une super idée. Plutôt que de complimenter mes camarades, j'allais leur offrir des cadeaux. Et j'allais même utiliser la Règle d'Or à ma façon : « Fais des tatouages à autrui comme tu aimerais que l'on t'en fasse ! »

Pendant la leçon de géographie, j'ai fabriqué un écriteau : AUJOURD'HUI TATOUAGES GRATUITS – PRIX NORMAL $40 ! Puis j'ai ajouté un zéro au prix pour que tout le monde comprenne à quel point c'était un beau cadeau.

À la récréation, j'ai fourré mes marqueurs dans ma poche et filé dans la cour avec mon écriteau que j'ai fixé sur le grillage, loin des professeurs qui faisaient leur ronde au cas où les sixièmes décideraient de s'entre-tuer pendant une partie de balle au prisonnier.

Charlie a été le premier à s'approcher.

– Aujourd'hui tatouages gratuits, lui ai-je lancé. D'habitude, c'est 400 dollars.

– Mon oncle a une femme nue tatouée sur le bras, m'a-t-il confié. Elle est assise sur une ancre.

– Je ne crois pas que je saurais représenter une femme nue. Je n'en ai jamais dessiné.

– Pas grave, je n'en veux pas. Je voulais juste te mettre au courant.

Je l'ai remercié et lui ai tatoué une ancre sur le bras. Avec un poisson assis dessus.

– C'est un poisson nu, ai-je précisé.

Ensuite, Rasheed est arrivé. Il m'a avoué qu'il n'avait jamais réfléchi au tatouage qu'il aimerait porter… Est-ce que j'avais une idée ?

– Euh… moi, j'aime bien écrire sur mon bras les choses dont je dois me souvenir.

Je lui ai montré mon pense-bête de lundi.

Il a lu tout haut :

– « J.P.E. » Ça veut dire Joueur le Plus Efficace.

Cette Margaret ! Quelle menteuse alors !

– Ça me plaît, a décrété Rasheed. Fais-moi le même tatouage, a-t-il demandé en remontant sa manche. Mais sans les points d'interrogation.

Aujourd'hui
TATOUAGES
GRATUITS
Prix normal $40

Lilly, elle, voulait son « grand classique » : trois tulipes sous un arc-en-ciel. En classe, je suis assise à côté d'elle et je commence à en avoir assez de son arc-en-ciel et de ses tulipes. Je lui ai suggéré un tatouage plus intéressant :

– Pourquoi pas des spaghettis et des boulettes de viande sous ton arc-en-ciel ? Ou un zèbre qui mange tes tulipes ?

Malheureusement, Lilly manque d'imagination. Elle a secoué la tête.

– Non merci. Mais tu peux dessiner quatre tulipes au lieu de trois, si tu veux.

Willy, le jumeau de Lilly, voulait son « grand classique », lui aussi. Je n'ai pas protesté car j'adore dessiner son requin zombie, même si Willy tient toujours à lui ajouter plein de dents pointues et que j'ai horreur des trucs pointus. Après tout, c'était son bras, pas le mien.

J'ai tracé délicatement le requin zombie sur son bleu, qui était devenu vert avec des nuances de violet et de noir.

Il a adoré !

Tout se passait pour le mieux jusqu'à l'arrivée de Maria.

– Je veux un cabri, m'a-t-elle expliqué. J'en ai vu un au zoo l'été dernier.

J'ai beau être une grande artiste, j'étais bien embêtée. Un cabri est probablement la seule chose au monde que je n'ai jamais dessinée – avec une femme nue. Finalement, j'ai trouvé une solution.

– C'est quoi ce gribouillis ? s'est étonnée Maria une fois son tatouage terminé. Et ces petits points violets ?

– Un buisson. Le cabri est caché dedans, en train de manger des mûres.

– Waouh ! Tu es encore plus douée que je le pensais !

Norris-Boris-Morris-Horace-Brontosaure attendait son tour derrière Maria. En réalité, il s'appelle Norris tout court seulement, au début de l'année, je n'arrivais jamais à m'en souvenir, alors je lui donnais n'importe quel prénom. Il trouvait ça très amusant. J'ai eu peur qu'il veuille tous les tatouer sur son bras, mais non.

Il a retroussé son jean sur ses mollets et m'a demandé :

– Transforme mes jambes en arbres, avec l'écorce et les feuilles. Ajoute des noisettes aussi. Quand ma grand-mère m'emmènera au parc et m'obligera à rester assis sur un banc pendant qu'elle tricote, les écureuils me grimperont peut-être dessus.

C'était une excellente idée. Sauf qu'un tas d'élèves faisaient maintenant la queue derrière lui.

– Désolée, Norris-Boris. Ce serait trop long.

Alors, avec un soupir, il a remonté sa manche.

– Tant pis. Tatoue-moi ce que tu veux.

Je lui ai tatoué des cacahuètes.

– Quand tu iras au parc, allonge-toi par terre et remonte ta manche. Les pigeons viendront peut-être picorer ton bras.

Norris-Boris-Morris-Horace-Brontosaure est reparti, le sourire aux lèvres. J'ai souri moi aussi en pensant à ce qu'il écrirait sur mon cahier : « Clémentine est une amie précieuse parce qu'elle m'a aidé à attirer des pigeons sur mon bras. »

Margaret n'avait sûrement pas eu droit à ce genre de commentaire dans son cahier bleu, elle !

MERCREDI

Une nouvelle idée grandiose

Dès qu'on est rentrés en classe après la récréation, le maître m'a envoyée dans le bureau de la directrice avec un mot.

Mme Pain l'a lu. Puis elle a secoué la tête.

– Dis-moi, Clémentine, n'avons-nous pas eu récemment une petite explication au sujet de tes talents artistiques ?

– Récemment ? Oh non, l'histoire des cheveux de Margaret, c'était il y a très longtemps, au début de l'année[1]. Là, ça n'a rien à voir. D'abord, les élèves m'ont *demandé* de leur dessiner des tatouages. Ensuite, leurs mères ne viendront sûrement pas se plaindre comme la mère de Margaret.

Mme Pain a soupiré.

– Écoute-moi, Clémentine. La prochaine fois que tu désires faire profiter tes amis de tes talents artistiques, pourquoi ne dessinerais-tu pas sur du papier ?

1. Lire *La folle semaine de Clémentine* dans la même collection.

Comme je ne voulais pas vexer la directrice en lui signalant qu'un tatouage sur papier n'est pas un tatouage, j'ai répondu :

– D'accord, c'est une très bonne idée. Merci.

Puis je lui ai parlé de la très bonne idée que j'avais eue, moi, quelques minutes plus tôt en entrant dans son bureau.

– Tu penses que les élèves devraient avoir des jours de formation professionnelle comme les maîtres ? a-t-elle demandé, alors que c'était exactement ce que je venais de lui dire.

– Oui. Des jours de vacances pour apprendre de nouveaux trucs. Si un jour quelqu'un veut écrire une biographie sur nous, il aura au moins quelque chose à raconter.

– Et tu passerais ces journées à l'école, comme les maîtres ?

Je ne m'étais pas encore posé la question, alors j'ai hésité avant de répondre.

– Euh... peut-être pas. J'irais plutôt au magasin de farces et attrapes. Ou dans un casino.

C'est-à-dire dans un endroit où je pourrais apprendre des choses intéressantes.

– Très bien, Clémentine. J'en parlerai au conseil de direction. Mais je devine à l'avance ce qu'on me répondra.

– Quoi ?

– Que les élèves ont déjà droit à des journées de formation extrascolaire. Deux par semaine. Le samedi et le dimanche.

Sur ce, Mme Pain a fait pivoter sa chaise pour me tourner le dos, et elle s'est caché le visage avec la main.

Quand j'ai vu ses épaules trembloter, j'ai compris qu'elle riait en cachette.

Je me suis levée, je lui ai annoncé que je n'avais plus rien à ajouter et je suis partie.

Il y a une chose qu'on n'apprend sûrement pas pendant les stages de formation de directrice d'école, c'est à faire la différence entre ce qui est drôle et ce qui ne l'est pas.

Après l'école, maman m'a emmenée jouer chez Maria parce qu'elle devait travailler sur une grosse commande d'illustrations. Elle a remercié la mère de Maria pour son invitation, puis elle a déclaré :

– La prochaine fois, ce sera au tour de votre fille de venir à la maison.

– Mais bien sûr, a répondu la mère de Maria. La prochaine fois, elle viendra chez vous.

Maria et moi avons échangé des grimaces derrière leur dos parce que nous savions que ça ne se produirait jamais. La mère de Maria n'autorise pas sa fille à se rendre dans un endroit où elle risquerait d'apercevoir un écran de télévision. Un jour, j'ai entendu maman se plaindre.

– Mais enfin, qu'est-ce qu'elle croit ? Qu'on regarde des émissions du genre *Les secrets inavouables des jeunes délinquants* ?

– Ridicule ! s'est écrié papa. On manquerait *Ragots et potins des voyous de Hollywood* qui passe à la même heure.

Maman a éclaté de rire et lui a lancé son chiffon plein de peinture à la tête. Puis elle a repris :

– Non, sérieusement. Quel est le problème ?

Moi, je le savais. La mère de Maria croit que regarder la télévision, même les chaînes éducatives, ramollit le cerveau pour la vie. Donc, pas de télé pour Maria. En revanche, elle a le droit de faire beaucoup d'autres choses. Du moment qu'elle ne regarde pas la télé, ses parents disent oui à tout.

Une fois ma mère partie, Maria m'a emmenée dans sa chambre pour me montrer son vivarium.

– Regarde mon nouveau lézard ! Mes parents me l'ont offert parce que personne n'a mentionné dans mon cahier d'Amie de la Semaine que j'avais eu des poux. Il est génial, hein ?

Oui, il était génial ! Il avait des petites ventouses sous ses pattes qui se collaient à la paroi transparente.

Sa langue sortait et rentrait à toute vitesse de sa bouche, au moins cent fois par seconde.

– Waouh ! Il est drôlement mignon !

Cette fois, je ne cherchais pas à lui faire un compliment. J'étais sincère.

– Comment il s'appelle ? ai-je ajouté.

Avant de me répondre, Maria s'est penchée en avant. Elle a collé son nez sur la vitre et elle s'est mise à sortir et rentrer la langue à toute vitesse, comme lui.

– Il aime bien quand je fais le lézard. C'est notre façon de nous parler. Il n'a pas de prénom... je n'y ai pas encore réfléchi.

Elle a cligné des yeux très vite. Le lézard l'a imitée. Il était vraiment sympa.

– Je peux t'aider, si tu veux ! ai-je proposé. Je suis championne pour trouver des noms aux animaux.

Je ne me vantais pas. J'avais découvert que, dans les salles de bains, se cachaient les plus beaux noms du monde. J'avais choisi le plus magnifique de tous pour mon petit chat mais il en restait plein d'autres. Alors j'ai demandé à Maria :

– Conduis-moi dans la salle de bains.

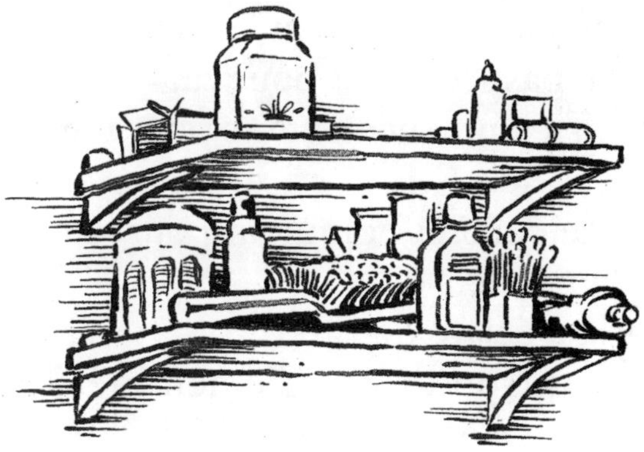

On a eu une chance folle, Maria, son lézard et moi, parce que mon regard a tout de suite été attiré par le nom idéal, comme si la boîte posée sur l'étagère avait été un aimant et mes yeux des billes d'acier.

– Maria ! Ton lézard s'appellera Sparadrap.

Elle était si contente qu'elle m'a remerciée je ne sais combien de fois.

– Aucun problème, c'est juste une de mes contributions uniques et précieuses parmi d'autres !

Je venais de m'assurer au moins une page de compliments dans mon cahier d'Amie de la Semaine, même si ce n'était pas pour ça que j'avais aidé Maria.

Enfin, pas *seulement* pour ça.

Elle m'a emmenée dehors pour me montrer son vélo.

– Tu le décores comment pour le rallye ? ai-je demandé.

Maria a éclaté de rire.

– Tu es trop drôle, Clémentine. Tu ne vois pas qu'il est déjà décoré ?

En m'approchant, j'ai découvert quelques cartes à jouer coincées dans les rayons des roues et des bandes de papier crépon accrochées au guidon. C'était tout.

Maria l'a enfourché pour faire deux ou trois tours dans l'allée.

– Alors ? Tu le trouves comment ? Super, hein ?

Comme Maria souffre déjà beaucoup d'être l'unique élève de la classe à ne pas pouvoir regarder la télévision, je ne lui ai pas avoué que la seule décoration super que je voyais était son tatouage de cabri en train de manger des mûres dans un buisson.

À côté de celui de Maria, mon vélo allait produire un effet sensationnel. Je m'en réjouissais d'avance. Et en même temps, ça me rendait un peu triste.

Et tout à coup, une idée absolument formidable a jailli dans mon cerveau, une idée encore plus grandiose que la séance de tatouages gratuits !

JEUDI

Un rallye plein de promesses

Heureusement que j'ai eu ma formidable idée grandiose hier parce que ce matin, il ne restait plus une seule trace de mes tatouages gratuits.

– Le mien a dû s'effacer sous la douche, m'a avoué Lilly.

– Le mien aussi, a renchéri Willy. Tu aurais dû utiliser des marqueurs indélébiles.

Le monde est trop injuste. Quand j'avais coloré les cheveux de Margaret et les miens, on m'avait reproché d'avoir utilisé des marqueurs indélébiles. Et là, on me reprochait de ne pas l'avoir fait.

– Euh… personne ne m'en veut ? ai-je demandé à mes camarades.

Au bout d'une minute, Charlie a marmonné :

– Mon oncle peut-être. Quand j'ai expliqué à maman que j'avais presque le même tatouage que lui, elle l'a appelé illico dans l'Ohio. Elle criait si fort que même sans téléphone il l'aurait entendue. Elle lui a interdit de venir à la maison s'il ne portait pas des manches longues scotchées aux poignets.

Heureusement, l'oncle et la mère de Charlie ne comptaient pas puisqu'ils n'écriraient rien dans mon cahier. L'essentiel, c'était qu'aucun élève de la classe ne soit fâché contre moi. Seul Norris-Boris semblait déçu car son tatouage n'avait pas attiré les pigeons.

– J'ai passé deux heures et quinze minutes allongé sur le dos les manches relevées dans le parc, hier, a-t-il soupiré.

– Et les pigeons ne sont pas venus ?

– Pas un seul. J'ai quand même vu trois grosses fourmis monter sur mon bras. Ce n'était pas un échec total.

Après, les élèves ont oublié mes tatouages. Ils étaient trop occupés à décrire les décorations dont ils allaient orner leurs vélos pour le rallye : des cartes à jouer, des serpentins, des ballons.

Décidément, ils avaient aussi peu d'imagination que Maria. C'était le moment idéal pour leur faire part de mon idée grandiose !

– Ne vous occupez de rien, ai-je déclaré. Contentez-vous d'arriver en avance au rendez-vous samedi matin.

Je leur ai ensuite décrit toutes les merveilles que mon père possédait, et j'ai promis de les apporter au parc.

L'effet a été immédiat. Trente-six yeux se sont braqués sur moi avec la même intensité que ceux d'une bande d'otaries guettant le moment où le dresseur va leur jeter du poisson.

Joe n'en revenait pas.

– Je pourrai mettre ce que je veux sur mon vélo alors ?

– Tout ce que tu veux. Tu n'as qu'à demander, papa a absolument tout.

Lilly s'est écriée :

– Et si je veux un arc-en-ciel et des tulipes ?

– Aucun problème, ça fait partie des décorations de printemps.

– Il a un requin zombie ? a voulu savoir Willy.

– Ce sera peut-être plus difficile à trouver. La Fête du Requin Zombie n'existe pas encore, mais pour la Semaine Nationale de la Pêche, mon père suspend des grosses truites en caoutchouc au plafond. On n'aura qu'à leur coller des dents pointues.

Willy a sauté de joie.

Pendant que je formais les rangs, une de mes responsabilités d'Amie de la Semaine, les élèves m'ont confié ce qui leur plairait. Quand ils ont repris leur place en classe, ils étaient tous ravis.

Et moi encore plus.

Dès que je suis rentrée à la maison, j'ai couru retrouver mon père à la cave.

– Tu parlais sérieusement quand tu m'as autorisée à prendre *toutes* tes décorations pour le rallye ?

– Bien sûr. Mais on aura peut-être un peu de mal à les faire tenir sur un seul vélo, Clém.

– Sauf qu'il y aura *dix-huit* vélos !

Je lui ai expliqué mon idée, qui l'a beaucoup amusé. Il s'est mis à fouiller les cartons avec autant d'enthousiasme que moi.

Je lui ai appris que Norris-Boris voulait se déguiser en arbre.

– Facile ! Il pourra utiliser les décorations de la Journée de Protection des Écureuils.

Il a aussitôt sorti d'un carton des branches de chêne et un écureuil empaillé.

On a passé en revue les demandes des autres élèves de ma classe, et trouvé tout le matériel nécessaire.

Puis Patate Douce est arrivé avec maman qui venait faire une lessive.

– Trois... deux... UN !!! a-t-il crié en voyant le lave-linge.

Il a escaladé la machine et s'est préparé à décoller à bord de sa fusée.

– Qu'est-ce que vous cherchez ? s'est étonnée maman en découvrant les cartons ouverts.

Je lui ai expliqué mon plan.

– Trois... deux... UN !!! a hurlé Piment en se penchant pour tourner le bouton.

– Voilà une excellente manière de faire profiter tes camarades de tes talents artistiques, Clémentine ! m'a félicitée maman.

– Et aussi de ce précieux matériel, a renchéri papa. Quant à toi, Clém, n'oublie surtout pas de rapporter toutes ces merveilles à la maison !

– Oh, ce ne serait pas bien grave si on en perdait une ou deux, Bill.

Maman est la seule personne de l'immeuble à ne pas apprécier les décorations de papa. Parce qu'elles sont en plastique et que, pour les écologistes comme elle, le plastique est encore plus maléfique que la kryptonite. Dès qu'elle entend le mot *artificiel*, elle frôle la crise cardiaque.

Tout en balayant d'un geste les tulipes que nous avions choisies pour Lilly, elle a fermé les yeux comme si leur simple vue la faisait souffrir.

Papa a brandi les fleurs sous son nez.

– Tu plaisantes ? Admire un peu ces couleurs !

– Justement, a protesté maman. Parlons-en de ces couleurs ! Elles n'existent pas dans la nature. Et si, pour une fois, on mettait de vraies fleurs dans le hall ?

– Impossible, ce serait contraire aux normes de sécurité anti-incendie, a répondu papa en prenant un air faussement désolé.

– Oh tu exagères, Bill... Cite-moi un seul exemple d'un immeuble réduit en cendres à cause d'un bouquet de marguerites en flammes !

Papa a écarté les bras en signe d'impuissance. Maman a levé les yeux au ciel. Puis ils ont éclaté de rire, ce qui m'a fait rire à mon tour. Perché au sommet de sa machine-fusée, Navet nous a imités. Et, soudain, Hydrophile est apparu. Je crois bien qu'il riait lui aussi.

Je l'ai soulevé et serré contre moi.

– Te voilà, mon minou ! Tu veux t'amuser toi aussi, c'est ça ? Et si tu m'aidais à décorer mon vélo ?

Maman et Soja Vert sont rentrés à l'appartement. J'allais demander à papa des coulures de sang pour mon cou quand Roberta, qui livre les colis, a passé la tête par la porte. En m'apercevant, elle a lancé :

– Salut, Pony Express[1] !

Puis elle a salué mon père.

– Je dois récupérer quatre colis à livrer rapidement. Vous êtes au courant ?

Pendant que papa l'accompagnait dans le hall pour voir s'il les trouvait, j'ai fini d'envelopper mon vélo de toiles d'araignées.

1. Nom donné au service de distribution rapide du courrier créé dans l'Ouest des États-Unis en 1860.

Il est revenu au bout de quelques minutes, mais avant que j'aie pu lui faire admirer le résultat, Franklin, l'électricien, a passé la tête par la porte. En m'apercevant, il a lancé :

– Salut, miss Cent Mille Volts ! J'ai besoin de ton père. On vient de m'appeler pour un court-circuit au sixième étage.

Papa est monté avec lui.

Juste après, j'ai vu arriver George, le plombier.

– Salut, Clé à Molette ! m'a-t-il lancé.

En attendant le retour de mon père, il a posé sa grosse trousse à outils par terre et m'a raconté des histoires de plomberie. Puis ils sont montés tous les deux au quatrième étage où un lave-vaisselle fuyait.

Juste au moment où Radis et maman venaient chercher le linge propre, papa a réapparu.

– Cette cave est aussi fréquentée que la gare Grand Central de New York ! a-t-il plaisanté. Vous avez vos billets ?

– J'ai beaucoup mieux que cela, a répondu maman.

Tout en sortant les vêtements du lave-linge pour les enfourner dans le sèche-linge, elle nous a annoncé :

– Nous vous informons que le dîner sera servi dans dix minutes au wagon-restaurant. Si vous commenciez à ranger avant qu'on passe à table ?

J'ai glissé les décorations pour le rallye dans des sacs-poubelle qu'on emporterait samedi matin.

– Allez viens, Hydrophile ! ai-je appelé. Tu as faim ?

Comme il ne se montrait pas, je l'ai cherché dans tous les coins où il aime fureter.

Pas de chaton.

– Hé, Potiron, tu n'as pas vu Hydrophile ?

– Non. Peut-être il a décollé comme une fusée ? a tenté mon petit frère.

– Il est sans doute rentré à la maison, a dit maman. J'ai préparé des macaronis au fromage. Il doit déjà saliver devant le four.

Elle a pris Patate dans ses bras et a quitté la cave. Je les ai suivis sans cesser d'appeler Hydrophile.

En vain.

Pour le forcer à sortir de sa cachette, j'ai attrapé sa boîte de croquettes et fait le tour de l'appartement en la secouant. Rien.

D'une voix un peu tremblante, j'ai déclaré à maman :

– D'habitude, il ne résiste pas au bruit des croquettes. Il est forcément resté dans la cave. Je retourne le chercher.

J'ai eu beau l'appeler, secouer la boîte de croquettes, l'appeler encore et secouer la boîte de plus en plus fort, Hydrophile ne montrait toujours pas le bout de son nez. J'ai fouillé toute la cave, j'ai ouvert les placards, les cartons, les sacs où j'avais déposé les décorations. J'ai regardé dans les machines à laver le linge, dans les machines à sécher le linge, dans les box de rangement, dans les deux ascenseurs, dans les poubelles, dans le bac de recyclage. Toujours pas de chaton.

– Minou, minou ! Viens, Hydrophile !

Mon cœur battait de plus en plus vite.

– Où es-tu, chaton ?

Mon père m'a rejointe.

– Tu ne le trouves pas ?

Ma gorge s'est serrée. Les lèvres pressées l'une contre l'autre, j'ai secoué la tête.

– Bon, restons calmes, a dit papa. Essayons de penser comme un chat.

À l'aide de sa lampe torche, il a inspecté tous les endroits où il aurait pu se réfugier : le vide-ordures, l'ancien local à charbon, le puits d'aération, le système de climatisation, les conduits de chauffage, le dessous de la chaudière. Il a même vérifié le contenu de sa boîte à outils.

Je l'ai suivi partout en appelant Hydrophile et en secouant ses croquettes.

Pas de chaton. *Pas de chaton !*

Mon cœur battait si fort que j'ai eu peur de ne pas entendre Hydrophile miauler.

– Papa, ai-je crié, et s'il s'était…

J'ai respiré à fond, mais le mot suivant n'a pas pu sortir de ma bouche.

Papa s'est agenouillé devant moi et a posé les mains sur mes épaules.

– Non, Clémentine. À mon avis, il est juste parti à l'aventure. Pour un chaton, la cave est un terrain d'exploration formidable. Il a simplement découvert quelque chose qui l'intéresse beaucoup plus que son repas pour le moment. Allons dîner. Je parie qu'il réapparaîtra avant qu'on ait terminé.

J'ai dit « D'accord » mais en réalité, je n'ai pas pu avaler un seul macaroni. Ma gorge était trop serrée. J'aurais tellement voulu qu'Hydrophile soit à sa place sous la table.

– Est-ce que je peux emporter mon assiette à la cave ? ai-je demandé. S'il la sent, il viendra peut-être.

Mes parents ont accepté. J'ai déposé mes macaronis un par un sur le sol de la cave, en traçant des chemins depuis tous les endroits où je l'avais vu fureter jusqu'à la porte de notre appartement. Puis je l'ai appelé de nouveau, en le suppliant de se montrer. Mais il n'est pas venu.

Alors j'ai su que ce que je craignais était arrivé. J'ai couru jusqu'à la cuisine en criant :

– Papa, maman ! Hydrophile s'est *sauvé* !

JEUDI

Hydrophile a disparu

On s'est séparés en deux équipes pour chercher Hydrophile. Maman et moi sommes parties vers le nord, papa avec Chou-Fleur dans sa poussette vers le sud. Puis on s'est partagé l'est et l'ouest. On l'a cherché rue après rue, maison après maison. Pas un chaton en vue, mais beaucoup trop de voitures, de camions, de taxis, de bus – tous trop gros et trop rapides pour faire attention à un minuscule chaton perdu. Chaque fois que je croisais quelqu'un, je lui demandais :

– Vous n'avez pas vu un petit chaton orange très intelligent, au poil tout doux?

– Non, désolé, me répondait-on.

On l'a cherché jusqu'à ce que la lune monte très haut dans le ciel de Boston endormi.

Mes parents ont fini par dire :

– Ton frère tombe de fatigue. Il commence à faire froid et c'est l'heure que tu te couches toi aussi, Clémentine.

Hydrophile doit dormir à l'heure qu'il est. Rentrons chez nous.

Devant la porte de l'immeuble, je l'ai appelé encore une fois pendant que papa portait mon frère jusqu'à l'appartement. Maman est restée avec moi.

– Il fait vraiment noir dehors, maman. Surtout pour un si petit chat.

– Je sais, ma chérie. Je sais.

Une fois à la maison, j'ai traîné ma couette et mon oreiller dans le salon et je me suis installée juste à côté de la porte d'entrée.

– Tu sais, Clémentine, je ne crois pas... a commencé maman.

– Mais si Hydrophile est dans la cave et qu'il revient pendant la nuit, il faut que je l'entende gratter à la porte, ai-je protesté. De toute façon, je ne pourrai pas dormir dans mon lit sans lui.

J'étais prête à faire mes yeux de murène pour convaincre maman, car pour elle dormir-n'est-pas-un-jeu-chacun-dort-dans-son-lit-et-dans-sa-chambre, mais je n'en ai pas eu besoin.

Elle m'a simplement serrée dans ses bras et a demandé à papa de gonfler le matelas pneumatique pour moi et de dormir sur le canapé pour me tenir compagnie.

Après avoir gonflé le matelas, papa est sorti gratter à la porte : il fallait que je sois sûre d'entendre Hydrophile s'il voulait rentrer. À ce bruit, toutes les larmes que je retenais depuis le début de la soirée ont jailli de mes yeux.

Papa a refermé la porte et il est venu s'asseoir à côté de moi.

– Allons, Clém, tu ne dois pas désespérer. Hydrophile compte sur toi. Où qu'il soit, il ne perd pas l'espoir de te retrouver, lui.

J'ai essuyé mes joues.

– Tu crois qu'il sait que je continuerai à le chercher demain ?

– Évidemment. Dès que je l'ai vu, j'ai pensé : voilà un chaton courageux et optimiste. Il n'est pas du genre à se laisser abattre.

– Mais papa, maintenant il est tout seul dehors, sans moi, dans le noir et dans le froid ! Il croyait que je prendrais soin de lui et je ne l'ai pas fait !

– Bien sûr que si, Clém. Nous en sommes témoins, ta mère et moi. Jamais nous n'avons eu à te rappeler de lui donner à manger. Il n'est pas parti parce que tu ne t'occupais pas bien de lui. Il est parti parce qu'il est curieux. Tous les petits chats sont curieux.

Ses paroles m'ont aussitôt rappelé un horrible proverbe : « La curiosité a tué le chat[1]. » Je n'ai rien dit, mais papa a compris que je venais d'y penser car il m'a serrée dans ses bras au moment où je fondais de nouveau en larmes.

– Rappelle-toi qu'on dit aussi : « Chat heureux chez lui revient toujours », m'a encouragée papa.

– J'espère que c'est vrai, ai-je sangloté sur son épaule. Je voudrais tellement qu'Hydrophile revienne.

1. Proverbe américain équivalent de « La curiosité est un vilain défaut ».

VENDREDI

À la recherche d'un chaton perdu

Je préfère ne pas parler de mon vendredi. J'ai passé la journée à pleurer. Je n'imaginais pas qu'on puisse avoir autant d'eau à l'intérieur du corps. Voilà tout ce que j'ai à dire.

Bon, d'accord. Je veux bien parler des moments les moins affreux.

Hydrophile a dû me manquer énormément pendant mon sommeil parce que je me suis réveillée en pleurant. Un coup d'œil dans ma direction a suffi à mes parents pour évaluer les dégâts ; ils ont vite appelé l'école pour prévenir que je n'irais pas en classe. De toute façon, j'avais décidé de ne pas y aller.

Je me suis essuyé les joues avant d'annoncer :

– Bon, on repart à sa recherche.

– Un instant, a dit papa. On peut faire mieux que ça. Demandons à d'autres gens de le chercher.

– Bien sûr, tu as raison ! Il faut appeler la police, le FBI, la CIA et…

Mon père n'a appelé ni le FBI ni la CIA, car aucun crime n'avait été commis. Mais il a prévenu la police, la SPA et les vétérinaires du quartier. Puis il m'a dévoilé la meilleure partie de son plan : réaliser des affiches ! J'ai trouvé l'idée géniale, jusqu'à ce qu'une affreuse pensée obscurcisse mon esprit.

– Oh non ! On n'a aucune photo d'Hydrophile ! On a oublié de le photographier !

Et j'ai de nouveau fondu en larmes. Papa m'a serrée dans ses bras.

– Tu veux mon avis, Clémentine ? Hydrophile a beaucoup de chance. Parce que sa maîtresse est une artiste remarquable.

– Tu crois que je pourrais le dessiner ? Tu crois que j'en suis capable ?

– Sans aucun doute, Clém. Ce sera le dessin le plus important de ta vie.

– Moi aussi, j'en suis sûre, a renchéri maman. Mais va d'abord chercher des mouchoirs. Il ne faudrait pas tacher un dessin si important.

Une fois mes larmes séchées, maman m'a installée à sa table à dessin. Elle m'a donné ses meilleurs marqueurs et plusieurs feuilles de son beau papier.

– Utilise tout ce que tu voudras, ma chérie. Applique-toi bien.

Laissez-moi vous dire que c'était drôlement compliqué. Pas de réaliser le portrait d'Hydrophile, mais de ne pas pleurer.

En dessinant ses oreilles, je me suis rappelé qu'elles pivotaient dès qu'on ouvrait une boîte de conserve, et mes yeux se sont remplis de larmes.

En dessinant sa fourrure duveteuse, je me suis souvenue à quel point elle était douce à caresser, et les larmes ont roulé sur mes joues.

En dessinant ses moustaches, je l'ai revu se promener avec des petits flocons de poussière accrochés au bout, et j'ai failli tomber de ma chaise tellement je sanglotais.

Bon. Assez parlé de larmes !

Pour m'encourager tout en dessinant, un mouchoir en papier prêt à servir dans la main gauche, je me suis forcée à répéter sans cesse :

– Mon mignon chaton reviendra bientôt à la maison ! Chic, chic, chic !

Le plus difficile, c'était de choisir quelle expression donner à Hydrophile. J'adorais sa mine curieuse, mais je l'aimais aussi quand il riait et quand il bâillait. Finalement j'ai décidé de lui donner l'air apeuré, car il aurait sans doute cet air-là quand un inconnu le découvrirait.

Et voilà le dessin que j'ai réalisé. Il est beau, non ?

J'ai ajouté notre numéro de téléphone en bas de la feuille puis papa m'a accompagnée à la boutique de photocopies, au coin de la rue.

– Vous en voulez combien ? a demandé le vendeur.

J'ai déposé tout mon argent de poche sur le comptoir.

– Je peux en avoir combien avec cette somme ?

Papa a ramassé les pièces pour me les rendre.

– C'est moi qui paie, Clém. Bon, voyons, combien d'affiches nous faut-il, à ton avis ? Quinze, vingt ?

– Cent, ai-je tranché.

– Oh, je ne crois pas que... a commencé papa.

– Tu as raison, ça ne suffira pas. Disons deux cents. Non. Trois cents. Au moins.

Papa m'a regardée droit dans les yeux. Puis il s'est tourné vers le vendeur.

– Trois cents photocopies, s'il vous plaît. Il s'agit d'un chat vraiment exceptionnel.

Croyez-moi, c'est du travail de coller des affiches, surtout quand votre petit frère de trois ans veut vous aider. Heureusement, Oignon a trouvé plus rigolo de coller les morceaux de scotch sur ses habits plutôt que sur les réverbères, ce qui nous a permis d'aller beaucoup plus vite.

– On en a collé combien à ton avis ? ai-je demandé à maman en fin d'après-midi.

Elle a regardé la pile.

– Cinquante ?

– Alors il n'en reste plus que deux cent cinquante. On continue.

Maman a secoué la tête.

– Ton père travaille, Clémentine. Il n'est pas dans l'appartement pour répondre au téléphone. Il faut rentrer au cas où quelqu'un aurait retrouvé Hydrophile et appellerait.

À la maison, pendant que Betterave décollait les morceaux de scotch dont il était couvert et que maman préparait le dîner, je suis restée assise à côté du téléphone.

Personne n'a appelé. À part un inconnu qui voulait savoir si j'étais assez bien assurée. Je lui ai signalé qu'Hydrophile avait disparu.

– Oh, ma pauvre, a-t-il compati, quel dommage, j'espère que vous le retrouverez vite.

Après ça, le téléphone est resté muet. L'appartement est devenu plus silencieux que jamais. Comme les petits bruits que faisait Hydrophile quand il était là me manquaient !

Au moment d'aller me coucher, j'ai de nouveau tiré le matelas pneumatique près de la porte d'entrée. Pendant que papa lisait une histoire à Soja, maman est venue s'installer sur le canapé et, avant d'éteindre la lumière, elle m'a dit :

– J'ai pensé que tu aimerais avoir un peu de compagnie cette nuit aussi.

Au bout d'un moment, j'ai chuchoté dans l'obscurité :

– Tu sais, maman, quand Petit Pois est vexé, il dit toujours « Tu m'as cassé » au lieu de « Tu m'as vexé ». Eh bien, moi, j'ai l'impression d'être complètement cassée à l'intérieur.

– Je comprends ce que tu veux dire, Clémentine, mais ne t'inquiète pas, tout se remettra en place, je te le promets.

– Comment tu le sais ?

– Parce que tu es un être humain. Les êtres humains ressentent des émotions parfois gaies, parfois tristes. Quand elles se sentent tristes, certaines personnes écrivent des histoires ou des poèmes. D'autres peignent des tableaux ou composent de la musique. Pour faire partager leurs émotions aux autres. Et cela les aide à surmonter leur peine.

Je n'ai pas répondu. Personne au monde ne pouvait avoir ressenti ce que j'éprouvais en cet instant.

– Je vais te donner un autre exemple, a continué maman. Tu te souviens de l'histoire de Ginger le chien[1] ? Tu te rappelles combien les enfants qui l'avaient perdu étaient tristes ?

J'ai hoché la tête dans le noir.

– Ils l'ont cherché longtemps, jamais ils n'ont renoncé. Et finalement, un jour, ils l'ont retrouvé.

– Mais maman, ce n'était qu'une histoire, ai-je protesté. Là, c'est dans la vraie vie qu'Hydrophile a disparu.

1. Référence au roman *Ginger Pye* d'Eleanor Estes.

SAMEDI

Où sont passées les affiches ?

Samedi matin, de très bonne heure, on a frappé à la porte. Tout excitée, je me suis redressée sur mon matelas pneumatique. Quelqu'un avait peut-être trouvé Hydrophile !

J'ai bondi sur mes pieds et j'ai couru ouvrir.

Ce n'était que Margaret.

– Ton père est là ? a-t-elle demandé. Ma compétition de danse a lieu aujourd'hui. J'ai besoin des clés de la cave pour… Hé ! Tu es devenue aveugle ? C'est pour ça que tu n'es pas venue à l'école, hier ?

– De quoi tu parles ?

– Tes yeux ! Ils sont tout rouges et gonflés. On dirait deux grosses tomates.

– N'importe quoi.

Papa était dans la cuisine en train de préparer le petit-déjeuner avec maman. Je l'ai prévenu que Margaret avait besoin de lui, j'ai couru me réfugier dans ma chambre et je me suis jetée sur mon lit.

Au bout de quelques minutes, je l'ai entendu entrer. Il s'est assis à côté de moi.

– Tu as expliqué à Margaret qu'Hydrophile avait disparu ?

Le visage enfoui dans mon oreiller, j'ai secoué la tête.

– Elle va bientôt rapporter les clés de la cave. Ça pourrait te soulager de te confier à une amie…

– Margaret n'est plus mon amie ! Elle est fâchée contre moi, je ne sais même pas pourquoi, et elle a dit que mes yeux ressemblaient à deux grosses tomates.

Papa m'a fait rouler sur le dos pour les examiner ; il a pris un faux air horrifié.

J'ai ri un tout petit peu, je n'ai pas pu m'en empêcher.

– De toute façon, elle a sa grande compétition de hula ce matin, ai-je ajouté, et elle n'a pas le temps de me parler. En plus, elle dira que c'est ma faute si Hydrophile est parti. Elle ne perd jamais personne, elle.

– Tu devrais peut-être lui laisser une chance de t'aider. Elle pourrait t'étonner.

Alors j'ai poussé un grand soupir et je suis allée attendre Margaret dans l'entrée. Quand elle est revenue, traînant un palmier géant gonflable, elle m'a rendu les clés sans un mot. Mais, au moment de me quitter, elle a lancé :

– J'ai vu ton vélo à la cave. Il est drôlement beau.

– Le rallye ! ai-je gémi. Je l'avais complètement oublié !

Désespérée, prête à sangloter, j'ai senti ma poitrine se soulever. Pour garder toutes mes larmes à l'intérieur, j'ai croisé très fort les bras.

– Et alors ? a repris Margaret. Il n'est pas trop tard. Va te préparer. Et mets des lunettes de soleil pour cacher tes yeux rouges.

– Mais je ne peux pas, *je ne peux pas* !

Malgré moi, les explications se sont soudain échappées de ma bouche. Quand Margaret a compris la situation, elle n'en revenait pas :

– Hydrophile s'est sauvé ? Pour de vrai ?

Son visage s'est renfrogné, exactement comme lorsqu'elle s'était mise en colère contre Mitchell et moi. Même son palmier avait l'air furieux.

J'ai à nouveau couru dans ma chambre me jeter sur mon lit.

Une minute plus tard, papa est revenu me voir.

Il s'est assis à côté de moi.

– Alors, Margaret t'a étonnée ? Cela t'a aidée de lui parler ?

– Oui, elle m'a étonnée. Mais non, ça ne m'a pas aidée. Je ne suis bonne à rien, papa.

– Qu'est-ce que tu racontes ?

– En perdant Hydrophile, j'ai trahi sa confiance et la vôtre, à toi et à maman. C'est vous qui me l'aviez offert. Aujourd'hui, je vais décevoir mes camarades parce que je ne suis pas capable de participer au rallye. Et Margaret... si tu avais vu sa tête...

– Jamais tu ne nous as déçus, Clém, a protesté papa. Je te le jure. Maman a préparé une montagne de crêpes. Viens en manger une avec nous. Tu te sentiras mieux après.

J'ai secoué la tête.

– Une matinée chargée t'attend, a insisté papa. Il reste beaucoup d'affiches à coller. Il faut que tu petit-déjeunes pour être en forme.

J'ai accepté de me lever et d'avaler trois ou quatre crêpes. Mais elles me rappelaient tellement Hydrophile que j'avais l'impression de manger mon chat. La première crêpe ressemblait à sa tête, la deuxième à sa queue, les autres ressemblaient à ses pattes.

Désormais, je ne pourrais plus poser les yeux sur quoi que ce soit sans penser à lui.

Après le petit-déjeuner, maman et moi avons enfilé nos blousons. En passant devant la table de l'entrée, elle a froncé les sourcils.

– Oh mince ! Avant de partir, Margaret m'a demandé des affiches. Je lui en ai préparé quelques-unes, mais elle s'est trompée et a emporté l'enveloppe qui contenait toutes les autres.

En voyant mon visage se décomposer, maman a ajouté avec un grand sourire :

– Ce n'est pas grave, elle les rapportera. En attendant, prenons celles qui restent.

Il y en avait cinq. On en a accroché une dans le hall ; il n'en restait plus que quatre. Toute la matinée, maman et moi avons tourné dans le quartier en regardant partout, dans les ruelles, sous les voitures, derrière les poubelles, en haut des arbres et nous avons collé les dernières affiches. J'étais si triste que je n'ai pas fait attention au trajet que nous suivions pour rentrer.

Et soudain, au détour d'une rue, j'ai aperçu tous les élèves de ma classe en vélo, regroupés dans le parc Boston Common.

– Vite, maman, cours ! ai-je crié en lui attrapant la main. Il ne faut pas qu'ils me voient ! Ils seront trop déçus que je les aie laissés tomber !

– Non, attends. On va leur parler. Leur expliquer ce qui se…

Mais je ne voulais pas. C'était impossible. Je ne pouvais pas supporter de voir leurs vélos sans décorations et leurs visages dépités. J'ai couru jusqu'à chez moi.

Là, j'ai décidé que je ne pouvais pas supporter non plus de voir les macaronis racornis que j'avais semés pour qu'Hydrophile retrouve le chemin de la maison. Armée d'une spatule et d'un sac en plastique, je me suis mise à les ramasser en commençant par la cave. Ça m'a pris longtemps parce que les pâtes, en séchant, s'étaient collées au sol. Arrivée devant la porte de l'appartement, j'ai aperçu Margaret sortir de l'ascenseur avec une grosse enveloppe en kraft sous le bras.

– Oh, tu me rapportes les affiches, merci ! me suis-je exclamée.

Elle allait me tendre l'enveloppe mais elle s'est arrêtée net en remarquant ce que je faisais.

Jetant un regard méfiant vers mes mains, elle a ouvert la porte de mon appartement et posé l'enveloppe sur la table.

Ce qui est quand même chouette avec Margaret, c'est qu'elle prend toujours soin de tout, et pas seulement de ses propres affaires. Je savais donc que les affiches ne seraient pas abîmées.

– Hydrophile est revenu ? a demandé Margaret.

J'ai secoué la tête et demandé à mon tour :

– Tu as gagné la compétition ?

Elle a secoué la tête.

– Mais tu gagnes toujours tout, Margaret !

Elle a haussé les épaules.

– Je sais. Je n'ai pas participé finalement.

Je l'ai dévisagée avec des yeux ronds.

– Mais...

– J'avais autre chose à faire. De toute façon, pour danser le hula, il faut porter un pagne en herbe. En *herbe* !

– Et alors ?

– Et alors ? C'est plein de *microbes*, l'herbe ! s'est-elle écriée en levant les yeux au ciel avec un frisson de dégoût.

Puis elle m'a tourné le dos pour appeler l'ascenseur.

– Il faut que j'y aille. J'espère que tu retrouveras ton chat.

Me rappelant le regard méfiant que Margaret avait jeté sur mes mains, je suis rentrée pour les laver.

Puis j'ai rejoint maman dans le salon et annoncé :

– Margaret a rapporté les affiches. On peut aller les coller maintenant.

Maman m'a demandé de patienter une minute, le temps de terminer une illustration. En réalité, j'ai attendu au moins deux cents minutes. Finalement, elle a enfilé son blouson. J'ai ouvert l'enveloppe.

Il n'y avait pas d'affiches à l'intérieur. Juste un gros cahier bleu.

Sur la couverture, on pouvait lire au-dessus de ma photo : CLÉMENTINE, L'AMIE DE LA SEMAINE !

De surprise, j'ai laissé tomber le cahier. Maman l'a ramassé.

– Oh, génial ! s'est-elle exclamée. Voyons ce que tes amis ont écrit.

– Maman ! ai-je gémi. Les élèves ont écrit leurs commentaires vendredi ! Quand j'étais encore leur amie parce que j'avais promis de les aider à décorer leurs vélos pour le rallye. Maintenant que je les ai laissés tomber, ils me considèrent sûrement comme l'Ennemie de l'Année !

Je lui ai arraché le cahier des mains, j'ai foncé dans ma chambre et je l'ai lancé de toutes mes forces sous mon lit. Papa surnomme cet endroit le Trou Noir ; pour une fois, j'aurais bien aimé que c'en soit vraiment un et qu'il avale les objets pour toujours.

Je suis montée chez Margaret.
Mitchell a ouvert la porte.

– J'ai vu ton affiche dans le hall. Hydrophile s'est sauvé ? Mince alors, c'est trop triste. Je vais chez un copain, mais si tu ne l'as toujours pas retrouvé quand je reviens, je t'aiderai à le chercher.

Je l'ai remercié et je lui ai demandé si Margaret était là.

– Elle vient juste de partir avec papa. Elle rentre demain soir.

– Oh, en fait je n'ai pas vraiment besoin d'elle. Je voulais juste récupérer mes affiches qu'elle a emportées par erreur. Tu sais où elles sont ?

– J'ai bien vu Margaret rentrer à la maison tout à l'heure, mais sans affiches, Mouflette. Juste avec un palmier géant.

– Elle ne les a pas rapportées ? Tu es sûr ? Il me les faut absolument !

J'ai senti mes yeux rouges comme deux grosses tomates se remplir de larmes et je les ai aussitôt essuyés pour que Mitchell ne me prenne pas pour un bébé.

– Elle a emporté tes affiches ? Mince alors ! C'est normal qu'elle soit méchante avec moi puisque je suis son frère mais toi, elle t'aime bien, Clémentine. Qu'est-ce que tu as fait pour qu'elle soit furieuse contre toi ?

– Rien ! J'ai juste enlevé le scotch que tu avais collé sur la couverture de son cahier bleu, et quand j'ai voulu la lui montrer, elle a cru que je l'avais lu et elle est devenue furieuse.

– Ah, le cahier bleu ! a fait Mitchell, comme si ça expliquait tout.

– Mais je ne l'ai pas lu ! ai-je repris. De toute façon, ce n'est pas un journal intime, ça n'a rien de secret. Je n'ai rien fait de mal !

Tu crois qu'elle m'en veut au point d'avoir jeté mes affiches ? Au point de ne pas vouloir que je retrouve mon petit chat ?

Mitchell est resté silencieux pendant un moment. Il réfléchissait, je le voyais bien.

– Bon. Ne lui répète surtout pas ce que je vais te confier, Mouflette, mais son cahier bleu est à peu près vide. C'est ça qui la gêne, il ne contient que deux pages de compliments. Les autres élèves n'avaient rien à ajouter.

– Oh. Oh.

C'est tout ce que j'ai trouvé à répondre à Mitchell, qui m'a dit au revoir en me souhaitant bonne chance dans mes recherches.

DIMANCHE

Une annonce dans le journal

Ce soir-là, toute ma famille a dormi dans le salon avec moi. Mais, le lendemain matin, comme tous les dimanches, maman a déplié son matelas de yoga et papa est allé acheter des bagels et le *Boston Globe*. Après le petit-déjeuner, il s'est allongé sur le canapé avec son journal. Endive a grimpé à côté de lui et a fait semblant de lire la page des BD.

Je n'en croyais pas mes yeux. Ma famille se conduisait exactement comme si tout était normal !

Alors, désobéissant à la règle du dimanche matin qui impose le silence pendant que maman pratique son yoga et que papa lit son journal, j'ai lancé à tue-tête :

– Excusez-moi mais vous n'avez pas remarqué qu'il manque quelqu'un ici ?

– On ne peut pas faire grand-chose aujourd'hui, Clém, a répondu papa. La police et la SPA sont prévenues, on a collé des affiches. Il n'y a plus qu'à attendre.

– *Attendre* ? Vous voulez dire qu'on arrête de s'inquiéter ? Et si c'était moi qui étais perdue ? Vous resteriez là à *attendre* ?

– Bien sûr que non… a commencé papa.

– Eh ben, c'est pareil. Il faut continuer à chercher Hydrophile et à coller les affiches.

– Ton père a raison, ma chérie. De toute façon, il pleut à verse. Même s'il nous restait des affiches, ça ne servirait à rien de les coller. Tu sais, je suis sûre qu'en ce moment, Hydrophile est à l'abri chez quelqu'un, bien au sec. Ce n'est plus à nous de le trouver, c'est à la personne qui l'a recueilli de nous joindre à présent. Il faut attendre, c'est tout.

Je n'ai rien répondu. Mais je me suis juré de ne plus jamais adresser la parole à ma famille jusqu'à la fin de mes jours. Ni à Margaret, évidemment. Je suis allée chercher un bloc-notes et un crayon. À partir de cette minute, je consacrerais mes journées à dessiner Hydrophile. Je ferais comme George Rodrigue, le célèbre artiste de la Nouvelle-Orléans qui peint toujours le même chien bleu vif. Avant, je me demandais pourquoi il ne représentait que ce chien, maintenant je comprends. Cet animal doit lui manquer énormément.

J'ai commencé par un dessin d'Hydrophile bondissant sur une ombre. Tout en travaillant, j'ai réfléchi à ce que maman m'avait dit : Hydrophile était peut-être bien au sec dans une maison.

Au début, cette pensée m'a réconfortée. Puis je me suis posé des questions. Et si une autre petite fille vivait dans cette maison ? Et s'il se mettait à l'aimer et qu'il m'oublie complètement ?

Soudain, je me suis rappelé que, la semaine précédente, je ne l'avais pas autorisé à se coucher sur mes genoux parce que je préférais aller regarder Mitchell et ses copains faire du skate dans l'allée. Il s'en souvenait peut-être ? Et il avait peut-être rencontré une petite fille qui le laissait se coucher sur ses genoux chaque fois qu'il en avait envie, pour son plus grand bonheur.

Cette idée m'a tellement perturbée que j'ai raté mon dessin. J'ai déchiré la feuille et j'en ai commencé un autre : *mon* petit chat, l'air *très heureux*, couché sur *mon* oreiller.

Tout à coup, le téléphone a sonné. J'ai couru décrocher, pleine d'espoir. Mais ce n'était que ma tante Claire qui voulait savoir si maman avait mis des raisins de Smyrne ou des raisins de Corinthe dans le gâteau qu'elle lui avait apporté lors de sa dernière visite.

Je lui ai répondu que maman faisait son yoga et qu'à mon avis ce serait meilleur avec des pépites de chocolat. Puis je lui ai raconté qu'Hydrophile s'était sauvé.

– Mince alors. J'espère que tu le retrouveras. N'oublie pas de demander à ta mère de me rappeler. Je voudrais confectionner ce gâteau pour mon club de lecture, mardi.

Et voilà tout ce qu'elle a dit ! C'était décidé, je n'adresserais plus jamais la parole non plus à ma tante Claire.

Je suis retournée dans ma chambre pour commencer un autre dessin qui ferait partie de ma série bientôt célèbre du « Chat orange » : *Hydrophile endormi sur le rebord de la fenêtre*.

Quand papa a frappé à la porte, j'ai fait semblant de ne pas l'entendre. Il est entré quand même et m'a tendu une page de son journal.

– Lis cet article.

J'ai secoué la tête sans cesser de dessiner.

– Tu devrais vraiment y jeter un coup d'œil, Clém.

J'ai serré les lèvres le plus fort possible parce que, brusquement, refuser de parler à mon père me donnait envie de pleurer.

Il a posé le journal à côté de mon dessin. Je l'ai regardé en biais, à travers mes cils.

Et soudain, croyant être victime d'une hallucination, je m'en suis emparée pour l'examiner de plus près. Non, je ne rêvais pas. Là, en première page de la section Vie Locale du *Boston Globe*, il y avait mon affiche *Perdu chaton*... et en dessous, une photo du rallye vélo de l'école. Tous les vélos étaient couverts d'affiches.

Papa m'a tenu la main pendant que je lisais le titre : UN RALLYE VÉLO POUR RETROUVER UN CHATON PERDU !

Maman est alors entrée à son tour dans ma chambre avec Haricot.

– On se demandait où vous étiez passés...

Puis elle s'est tue en voyant le journal. Papa nous a lu l'article à haute voix :

– *Une centaine de vélos participant à un rallye dans le parc de Boston Common ont été recouverts d'avis de recherche pour un chaton disparu. C'est une élève dévouée qui a tout organisé pour aider une amie...*

– Une élève dévouée ? Qui cela peut-il être ? a demandé maman.

– Je ne sais pas, ai-je répondu. La seule qui soit au courant, c'est... Pourtant elle...

Mais oui ! C'est elle qui a distribué les affiches aux élèves de ma classe et elle a dû en profiter pour récupérer mon cahier. En plus, l'article dit que cette élève dévouée a tout organisé. *Tout organisé !* Ça ne peut être que Margaret ! C'est la personne la plus organisée que je connaisse !

– Margaret ! se sont exclamés mes parents. *Margaret !*

– C'est merveilleux ! s'est écriée maman. Plusieurs centaines de personnes, peut-être mille ou davantage, ont vu tes affiches !

J'étais folle de joie. Je n'arrivais pas à croire ce que Margaret avait fait. Juste au moment où je pensais qu'elle était méchante avec moi, elle faisait preuve de la plus grande gentillesse.

Puis j'ai réfléchi.

– Le rallye, c'était hier ! Mille personnes sont peut-être au courant de la disparition d'Hydrophile, pourtant aucune d'elles n'a téléphoné.

– Mais des milliers d'autres liront le journal aujourd'hui, Clém, a observé papa. Ce n'est plus qu'une question d'heures.

La journée m'a semblé durer trois cents heures. Après m'être assurée que notre numéro de téléphone apparaissait bien sur le journal, j'ai passé l'après-midi à vérifier toutes les cinq minutes que notre ligne fonctionnait.

Le reste du temps, je reprenais mon poste d'observation devant la fenêtre, à l'affût de petites pattes de chat galopant sous la pluie.

Quand mes jambes ont commencé à fatiguer, je me suis remise à dessiner : Hydrophile allongé au soleil, attrapant une mouche, s'emmêlant dans des rubans, tombant dans la poubelle. Chaque dessin me rendait de plus en plus triste parce qu'il me manquait de plus en plus.

Ma famille continuait à vivre normalement pendant que je continuais à guetter par la fenêtre, à dessiner, et que le téléphone continuait à ne pas sonner.

L'après-midi était très avancée lorsque enfin – enfin ! – la sonnerie a retenti.

Maman a décroché, écouté un instant, un grand sourire a éclairé son visage. J'étais furieuse : comment osait-elle sourire dans un moment pareil ? Puis je l'ai entendue dire :

– Je crois que c'est à ma fille que vous devez parler.

J'ai couru lui arracher l'appareil des mains.

À l'autre bout de la ligne, une voix d'homme m'a annoncé :

– J'ai trouvé un chaton chez moi. Un chaton très curieux. Je viens de lire le journal et je me demande si ce n'est pas celui que tu cherches.

– Est-ce qu'il est...

Tout à coup ma gorge s'est serrée. Je voulais tellement que ce chaton soit Hydrophile que je ne pouvais plus parler.

En me voyant bouleversée, maman a repris le téléphone et m'a hissée sur sa hanche comme si j'avais trois ans. Je ne me suis même pas vexée. J'ai juste écouté la conversation.

– Un chaton de quatre ou cinq mois au poil orange et doux? a-t-elle demandé. Est-ce qu'il a l'air extrêmement bien soigné?

J'ai enfoui ma tête dans le cou de maman. Je tremblais trop pour écouter la réponse de l'homme.

– Ça lui ressemble beaucoup, a repris maman. Où habitez-vous ?

Soudain, ses épaules se sont affaissées.

– Si loin ! Mais le chaton que nous recherchons s'est perdu dans Boston, jeudi soir. Je ne pense pas qu'il aurait pu parcourir une telle distance…

Maman m'a lancé un coup d'œil désolé. Et moi, je lui ai lancé en retour un coup d'œil qui ordonnait : « Il faut vérifier quand même ! »

– Ce n'est probablement pas le nôtre, a ajouté maman. Mais donnez-moi votre adresse, nous allons venir le voir.

DIMANCHE

Meilleures amies

Papa m'a emmenée en voiture. Pendant tout le trajet, il m'a conseillé de ne pas me faire trop d'illusions.

– Cet homme a trouvé un chaton devant chez lui jeudi soir, à Quincy. C'est presque à vingt-cinq kilomètres de Boston. Même si Hydrophile était capable de parcourir cette distance, il n'aurait jamais réussi cet exploit en deux heures.

J'ai essayé de ne pas trop l'écouter.

Quand on est enfin arrivés à l'adresse indiquée, papa a frappé à la porte. Un homme a ouvert, un chaton dans ses bras.

– George ! s'est exclamé papa.

– Clé à Molette ! s'est écrié George le plombier.

Et moi, j'ai hurlé :

– Hydrophile !

Hydrophile a sauté dans mes bras et on s'est tous mis à parler en même temps.

– Je ne me serais jamais douté que c'était ton chaton ! m'a dit George. En rentrant chez moi jeudi soir, au moment de sortir ma clé pour ouvrir la porte, j'ai aperçu ce petit chat. J'ai pensé qu'il était du quartier. Je n'ai pas imaginé une seule seconde qu'il pouvait être descendu de ma camionnette.

– Il a dû se cacher dans votre trousse à outils, ai-je supposé. C'est un véritable explorateur.

– Ici aussi, il a exploré, a affirmé George. C'est un petit animal bien mignon, débordant d'énergie. Il va me manquer. Mais je pourrai venir le voir de temps en temps, hein ?

Pendant tout le trajet du retour, Hydrophile est resté enroulé autour de mon cou. Il a d'abord ronronné comme un fou à mon oreille avant de s'endormir. Il était sans doute épuisé d'avoir fait semblant de se plaire dans une autre maison que la mienne.

Papa nous a jeté un coup d'œil dans le rétroviseur en plissant les yeux comme s'il était aveuglé.

– Je regrette de ne pas avoir apporté mes lunettes de soleil, a-t-il déclaré. Boston peut couper le courant électrique ce soir, ton sourire réjoui suffira à illuminer la ville.

J'ai ri. Mais, en douce, j'ai tourné la tête dans tous les sens ; il avait raison, mon sourire illuminait le monde autour de moi.

Maman nous attendait, elle avait préparé le dîner et elle a fait comme si elle ne me voyait pas glisser des petites bouchées de pain de viande à Hydrophile qui était à mes pieds sous la table. Après le repas, mes parents m'ont demandé s'ils pouvaient lire mon cahier d'Amie de la Semaine. Je suis allée le repêcher dans le Trou Noir, et on s'est installés dans le séjour.

Le cahier était rempli de longs paragraphes racontant des anecdotes dont je me souvenais parfois à peine.

Un jour, quand j'étais en CP, j'ai perdu mes crayons de couleur. Clémentine a cassé tous les siens en deux pour m'en donner la moitié. Grâce à elle, j'ai pu colorier mon dessin.

Joe

Je suis content d'avoir Clémentine dans ma classe parce qu'elle m'a cru quand je lui ai parlé de mes superpouvoirs. C'est la seule à qui j'apprendrai à devenir invisible dès que j'aurai compris le truc.

Waylon

C'est bien d'être dans la même classe que Clémentine parce qu'on est sûrs de piquer plein de fous rires.

Willy

Et parce que, sinon, mon frère serait tout le temps puni.

Lilly

Maria avait rédigé une page entière.

Quand maman a appris le nom de mon lézard, elle a déclaré : « Tu as de plus en plus d'idées bizarres. Je suis sûre que tu as regardé la télévision... » Et mon père a avoué qu'il me laisse parfois regarder le golf avec lui quand elle va jouer au bingo. Alors elle a dit : « Bon, j'abandonne. Après tout, elle est assez grande pour se ramollir la cervelle si elle en a envie. » Merci, Clémentine. Maintenant, grâce à toi, j'ai le droit de regarder la télé !

Maria

Ce qui prouve qu'on peut faire une bonne action sans s'en apercevoir.

Aucun des enfants ne parlait de ma promesse non tenue de décorer son vélo. Mais beaucoup avaient apprécié que je les fasse profiter de mes talents artistiques. Pendant une seconde ou deux, je me suis sentie coupable de les avoir laissés tomber, samedi, pour le rallye. Et puis ça m'a donné une idée extraordinairement fabuleuse.

– Des portraits d'animaux ! Voilà comment je vais les remercier de m'avoir aidée à retrouver Hydrophile ! Un pour chaque élève de ma classe. Je vais dessiner leur animal de compagnie ; s'ils n'en ont pas, je dessinerai celui qu'ils rêvent d'avoir un jour.

Je m'y suis mise aussitôt. J'ai réalisé le premier pour Margaret, parce que je tenais à la remercier tout particulièrement. Il représentait son chat Mascara roulé en boule à l'intérieur du grand chapeau décoré que je lui avais offert en début d'année[1]. Il adore y dormir.

1. Lire *La folle semaine de Clémentine* dans la même collection.

Ensuite, j'ai fait un portrait magnifique de Sparadrap, le lézard de Maria, collé sur la vitre du vivarium, avec les ventouses de ses pattes bien visibles et des petits traits autour de sa langue, pour faire comprendre qu'il la sort et la rentre à toute vitesse.

Pour les autres élèves, j'ai dessiné une série de « BONS POUR UN PORTRAIT » décorés de petits animaux.

Mes parents sont venus admirer le résultat.

– C'est vraiment très gentil de ta part, Clémentine. Tes camarades ont de la chance d'avoir une amie comme toi.

Papa a posé mon cahier d'Amie de la Semaine sur la cheminée, entre la photo de son mariage avec maman et celles de Rutabaga et moi bébés.

– On va le mettre ici pour que tout le monde le voie et sache à quel point on est fiers de toi.

Tout à coup, j'ai eu une autre excellente idée. J'ai couru téléphoner à Mitchell.

– Est-ce que Margaret est à la maison ?

– Elle vient juste de rentrer. Tous aux abris !

– Tu pourrais lui piquer discrètement son cahier bleu et me l'apporter ?

– Bien sûr !

Mitchell est génial. Chaque fois qu'on lui demande un service, il est d'accord, même si cela risque de lui attirer des ennuis. Si jamais un jour j'ai un petit ami – ce qui ne risque pas d'arriver – j'en choisirai un qui répondra « Bien sûr » à tout ce que je lui demande.

Deux minutes plus tard, Mitchell était chez moi. Il m'a pris Hydrophile des bras et lui a serré la patte.

– Ah, te voilà de retour, mon petit pote !

Puis il m'a suivie dans la cuisine. J'ai ouvert le cahier bleu de Margaret sur la table et commencé à écrire : *Margaret est la meilleure amie qu'on puisse rêver !*

Même si ma main était fatiguée d'avoir dessiné tous ces portraits d'Hydrophile, plus ceux de Mascara et Sparadrap ainsi que les dix-sept bons pour un portrait, j'ai raconté en détail tout ce que Margaret avait fait pour moi samedi.

Et j'ai rempli son cahier bleu jusqu'à la dernière page, sans même avoir besoin d'écrire gros.

– Margaret a vraiment fait ça ? s'est étonné Mitchell, qui lisait par-dessus mon épaule.

– Oui.

– Ma *sœur* Margaret ?

– Cette Margaret-là. Il faut vite remettre le cahier en place, maintenant. Je vais m'en occuper pour que tu n'aies pas d'ennuis.

J'ai enroulé Hydrophile autour de mon cou, parce que je ne voulais surtout pas le laisser seul même cinq minutes, et j'ai pris l'ascenseur avec Mitchell qui n'arrêtait pas de répéter :

– Ma sœur a fait ça ? *Margaret* ?

En arrivant dans l'appartement, on s'est précipités dans le salon avant qu'elle s'aperçoive de notre présence.

J'écartais son trophée de concours d'orthographe pour glisser le cahier bleu derrière quand je l'ai entendue s'écrier :

– Tu l'as retrouvé ! Tu l'as retrouvé !

Figée sur place, je l'ai vue courir vers moi et prendre Hydrophile pour le serrer dans ses bras. Puis elle a baissé les yeux et pâli à la vue du cahier bleu. Elle me l'a arraché des mains en tremblant.

– Je ne l'ai pas lu, Margaret. Je te le jure. C'est vrai, je l'ai pris, mais seulement pour écrire quelque chose à l'intérieur. Je voulais te remercier…

D'un geste, elle m'a ordonné de me taire. Elle l'a ouvert et a commencé à lire ce que j'avais rédigé. En faisant la grimace… puis en hochant la tête. En faisant la grimace… puis en hochant la tête. Jusqu'à la dernière page.

Enfin, elle m'a regardée dans les yeux et a déclaré :

– *Reconnaissante* s'écrit avec deux *n*, Clémentine. Il y a un tréma sur le *ï* de *héroïne*. Et il n'y avait pas 250 affiches, mais seulement 239. Et…

Ouf. Je me suis sentie soulagée. J'avais retrouvé la vraie Margaret.

– Je peux effacer ce que j'ai écrit, si tu veux... ai-je proposé.

Elle a incliné la tête et plissé les yeux, comme si elle réfléchissait. Mais je voyais bien qu'elle faisait semblant parce que les coins de sa bouche remontaient malgré elle pour sourire.

Elle a fini par soupirer :

– Oh non, puisque tu sembles y attacher tant d'importance, Clémentine, je pense qu'il vaut mieux garder le cahier tel qu'il est.

Et au lieu de le cacher derrière le trophée du concours d'orthographe, elle l'a exposé sur la cheminée. En plein milieu.

Puis elle s'est tournée vers moi avec un sourire si éclatant que toute la ville de Boston s'est illuminée. Bon, d'accord, c'est peut-être parce que je souriais moi aussi.

Retrouve Clémentine,
sa famille et ses amis dans :

La folle semaine de Clémentine

Clémentine a une grande amie,
un petit frère
et plein d'idées farfelues…

Clémentine
a tous les talents
Et si Clémentine
avait un talent
exceptionnel…
pour vivre
et s'amuser ?

Clémentine
et la lettre secrète
La lettre
de Clémentine
convaincra-t-elle
le jury ?

Retrouvez la collection
Rageot Romans
sur le site www.rageot.fr

PAPIER À BASE DE FIBRES CERTIFIÉES

RAGEOT s'engage pour l'environnement en réduisant l'empreinte carbone de ses livres. Celle de cet exemplaire est de :
405 g éq. CO_2
Rendez-vous sur www.rageot-durable.fr

Achevé d'imprimer en France en août 2013
sur les presses de l'imprimerie Hérissey
Dépôt légal : septembre 2013
N° d'édition : 5965 - 01
N° d'impression : 120987